CB059117

Éric Chacour

O que sei de você

Tradução

Letícia Mei

© 2023 Alto
Através de acordo entre Éditions Alto e seus agentes representantes Books And More Agency #BAM, Paris, França e LVB & Co. Agência e Consultoria Literária, Rio de Janeiro, Brasil. Todos os direitos reservados.

© 2024 DBA Editora

1ª edição

PREPARAÇÃO
Raquel Silveira

REVISÃO
Eloah Pina
Paula Queiroz

ASSISTENTE EDITORIAL
Nataly Callai

DIAGRAMAÇÃO
Letícia Pestana

CAPA
Beatriz Dórea (Anna's)

FOTOGRAFIA DA CAPA
© Van Leo / Rare Books and Special Collections Library, The American University in Cairo

Impresso no Brasil/Printed in Brazil
Todos os direitos reservados à DBA Editora.
Alameda Franca, 1185, cj 31
01422-005 — São Paulo — SP
www.dbaeditora.com.br

Dados Internacionais de Catalogação na Publicação (cip)
(Câmara Brasileira do Livro, sp, Brasil)

Chacour, Éric
O que sei de você / Éric Chacour ; tradução Letícia Mei. -- 1. ed. -- São Paulo : Dba Editora, 2024.
Título original: Ce que je sais de toi.
ISBN 978-65-5826-092-9.
1. Romance canadense I. Título.
CDD-C813 24-221543

Índices para catálogo sistemático:
1. Romances : Literatura canadense C813
Aline Graziele Benitez - Bibliotecária - CRB-1/3129

Québec

Este livro foi publicado com o apoio do Escritório do Governo do Québec em São Paulo.

Àqueles que me fizeram amar o Egito.
Àquelas.

VOCÊ

1

Cairo, 1961

— Qual carro vai querer quando for grande?

Ele fez essa simples pergunta, mas na época você não sabia que era preciso desconfiar das perguntas simples. Você tinha doze anos, sua irmã dez. Vocês passeavam com seu pai às margens do Nilo, no bairro residencial de Zamalek. Levado pelo cortejo sonoro de um trânsito caótico, seu olhar se perdia na torre em forma de flor de lótus que acabava de surgir da terra. A mais alta da África, afirmavam com orgulho. E construída por um melquita!

Sua irmã, Nesrine, não esperou que você respondesse para exclamar:

— Este aqui, *Baba*! O vermelho grande ali!

— E você, Tarek?

Essa consideração nunca tinha passado pela sua cabeça.

— Por que não... um asno?

Você achou melhor se justificar: "é menos barulhento".

Seu pai deu uma risada forçada, indicando que a resposta não era aceitável. A menos que fosse para ter certeza de que você estava brincando. Nesrine separava uma mecha dos cabelos pretos para enrolá-la no indicador; repetia o gesto quando tentava tomar a palavra. Visivelmente convencida de que um pouco de insistência lhe permitiria encerrar a tarde no volante de seu conversível, reiterou com um entusiasmo multiplicado por dez:

— Eu quero o vermelho, *Baba*! Com o teto que abre!

O olhar de seu pai o fez compreender que ainda esperava a sua resposta. Para lhe agradar, você tentou ao acaso:

— Eu queria aquele carro preto ali. O que está estacionado na esquina.

Seu pai limpou a garganta; ele podia começar sua arguição:

— Você tem razão, é um belo carro americano. Um Cadillac. Sabia que ele custa caro? Você precisará de um bom trabalho para poder comprá-lo. Engenheiro ou médico. Qual você prefere?

Dirigia-se a você sem olhá-lo, a atenção voltada para o cachimbo que ele acabara de prender entre os lábios. Aspirando o vácuo num leve assobio, deu início a um ritual que era, a um só tempo, misterioso e habitual para você. Satisfeito com o fluxo de ar, tirou do bolso um saquinho de tabaco cujo odor, de tão familiar, você não saberia dizer se era agradável ou não. Em seguida, encheu o fornilho, batendo com o dedo médio para que as folhas secas se acomodassem, depois acomodou tudo com cuidado. Cada etapa da meticulosa operação parecia destinada a lhe proporcionar um tempo razoável de reflexão. Quando ele levou o objeto novamente à boca para verificar a extração, você compreendeu que restava pouco tempo para responder. O estalido do isqueiro soou como o alarme de um cronômetro. Na fumaça das primeiras baforadas, você arriscou sem convicção:

— Mais médico...

Ele parou por um instante como se considerasse uma proposta que você acabava de lhe fazer, depois soltou com sobriedade:

— Muito bem, meu filho, é uma boa escolha.

Era uma escolha por falta de opção: você não sabia em que consistia a profissão de engenheiro. Mas isso não tinha importância, o filho seria médico como ele. Não precisava mais argumentar. Os dedos que um dia ensinariam a você sua futura profissão comprimiram, com um limpador de cachimbo, as primeiras cinzas da conversa. Enquanto seu pai reacendia o cachimbo com uma chama, você se imaginava trajando o jaleco branco dele, o que ele usava no térreo da residência de Dokki convertida em consultório. Você tinha idade suficiente apenas para os projetos que lhe concebiam; será que era realmente apenas uma questão de idade?

A caminhada seguia em silêncio. Cada um parecia absorvido em seus próprios pensamentos. Quando o tabaco foi consumido, seu pai consultou o relógio de bolso, aquele que tinha as iniciais dele gravadas na parte de trás. E, aliás, as suas. Era hora de ir para casa. O relógio mostrava sistematicamente a hora de ir para casa quando não restava mais nada a fumar. Sincronicidade infalível entre cachimbo e relógio de bolso.

Ao anoitecer, você anunciaria à sua mãe que um dia seria médico. Sem emoção, como transmitimos uma informação anódina que acabamos de receber. Ela acolheria a novidade com tanto entusiasmo quanto se você acabasse de lhe apresentar seu diploma de formatura com distinção e louvor. Nasser construía o maior país do mundo e sua mãe decidira que você seria o mais renomado médico do Egito. Um pouco antes, Nesrine o fizera prometer que lhe compraria um conversível vermelho.

Você tinha doze anos. A partir de então, desconfiaria das perguntas simples.

2

Você não sabia quando a vida começaria. Pequeno, era um aluno brilhante. Trazia boas notas para casa e lhe diziam que isso seria útil mais tarde. A vida, portanto, começaria mais tarde. A essa altura, só desfilavam momentos dos quais você não conservaria praticamente nada. Não guardamos o nome dos que consumiram as costas para nos carregar nos ombros, assim como não notamos as horas gastas a preparar nosso prato preferido. Conservamos, no entanto, a insignificância: você riu de Nesrine porque ela não conseguia pronunciar corretamente "pirâmide" em árabe, na praia vocês comeram *frescas*[1] e o melaço manchou suas roupas de banho, você desenhava com o dedo nas janelas cobertas de vapor enquanto Fatheya, sua empregada doméstica, cozinhava...

Você perscrutava os adultos, os gestos, as entonações, a aparência deles. Às vezes, um tomava a palavra, como se fosse designado por uma autoridade natural, para contar a última piada que ouvira. Os olhos do público cravavam-se nele e essa nova atenção o transfigurava. A voz se modulava,

---

1. Biscoito egípcio recheado com pasta de gergelim, amendoim ou coco e calda de mel, vendido na praia durante o verão. (N. T.)

os movimentos combinavam com o relato e você sentia uma tensão se instalar no aposento. Maravilhava-se com o efeito produzido no público, uma multidão de repente reduzida a uma única respiração cujo ritmo unia-se à entonação do orador. Este podia, enfim, acelerar a velocidade de seu discurso e desvelar a queda que todos aguardavam. Então, todos a recebiam com uma risada sonora e libertadora, uma risada não ensaiada e, ainda assim, perfeitamente afinada.

Eram os homens que riam. Por que riam? Você não fazia ideia. Os indecifráveis subentendidos, os evidentes exageros, as palavras que ainda lhe eram desconhecidas, as olhadelas cúmplices, os esgares de reprovação das mães que lembravam a presença de crianças, os gestos desenvoltos dos homens que pareciam lhes responder que, de todo modo, elas não têm idade para compreender. De todo modo, você não tinha idade para compreender. Essa linguagem parecia pertencer ao mundo dos adultos, um continente longínquo ainda por descobrir. Você ignorava se um dia ali afundariam, sem perceber, por terem deixado a infância demasiado à deriva, ou se eram terras que se conquistam com o sofrimento. Será que elas permaneceriam para sempre estrangeiras para você? Riria um dia como eles?

A presença deles eletrizava Nesrine. Ela interrompia as discussões para perguntar o significado de uma palavra ou responder à mais retórica das perguntas. Captava tão pouco quanto você o sentido daquelas piadas, mas juntava seu riso de criança ao da plateia. Ria só de pensar em rir com os outros. Isso lhe era suficiente. Ela não era adorável?

A vida começaria mais tarde. Por ora, não era a vida. Era uma espera, uma pausa talvez, a infância, uma lenta preparação. Para o que você se preparava? ou, mais precisamente, para o que o estavam preparando? Você apreciava mais a companhia dos adultos do que a das crianças de sua idade. Ficava fascinado pelos que nunca hesitam. Pelos que, com a mesma firmeza, podem criticar um presidente, uma lei ou um time de futebol. Aqueles cujos gestos parecem afirmar que são os donos da verdade. Aqueles que resolveriam, num estalar de dedos, as questões da Palestina, dos Irmãos Muçulmanos, da barragem de Assuã ou das nacionalizações. Você acabou acreditando que a vida adulta era isso: o desaparecimento de toda forma de dúvida.

Um dia, porém, ficaria evidente para você que existem pouquíssimos adultos verdadeiros. Que ninguém renuncia totalmente aos medos originais, aos complexos adolescentes, à necessidade insaciável de vingar as primeiras humilhações. Ainda nos espantamos ao notar uma reação pueril em um de nossos semelhantes, mas é um erro grosseiro: não há adultos com comportamento de criança, há apenas crianças que atingiram a idade em que a dúvida é vergonhosa. Crianças que acabam por se conformar com aquilo que esperamos delas: que renunciem ao menor questionamento, afirmem sem pestanejar, desprezem a diferença. Crianças de voz rouca, de cabelos brancos, amigas do álcool. Muitos anos mais tarde, você acabaria compreendendo que é preciso se afastar deles, custe o que custar. Mas naquela época eles o fascinavam.

3

Cairo, 1974

Os pais são feitos para desaparecer; o seu morreu durante a noite. Na cama, como Nasser, no momento em que todos se acostumavam à ideia de que ele era imortal. Sua mãe só se deu conta pela manhã. Era incomum que se levantasse antes dele. Acreditando que ele dormia ao lado dela, não ousou incomodá-lo. Ele ofereceu à morte a mesma ausência inflexível de expressão com que desafiara a vida, e nada levava a crer que acabava de abandonar a segunda pela primeira. Ela lançou um olhar mecânico para o relógio de pulso. Passava das seis horas. Ficou surpresa por ele não ter se levantado às cinco e vinte, como de costume. Num primeiro momento, temeu que a censurasse por acordá-lo. Talvez ele simplesmente precisasse dormir um pouco mais. Quem era ela, afinal, para saber mais do que um médico o que era bom para ele? Esperou. Vendo que ele continuava deitado, temeu, ao contrário, que a acusasse de tê-lo deixado dormir demais. Começou a fazer alguns ruídos discretos que se revelaram inúteis. Então, certa de que seria criticada, não importava o que fizesse, decidiu sacudi-lo. Contra todas as expectativas, ele não a criticou por nada.

A notícia não o alcançou de imediato. Você tinha acabado de pegar a estrada em direção ao Mokattam. Um dispensário estava sendo construído por iniciativa sua nessa colina localizada no limite oriental do Cairo, e você tinha tirado uma licença para supervisionar o ritmo das obras. Mal desceu do carro e um menino correu em sua direção.

— Doutor Tarek! Doutor Tarek! Doutor Thomas, o seu pai acabou de morrer, o senhor precisa voltar pra casa já!

Você teria pensado que era uma brincadeira de mau gosto se ele não tivesse pronunciado seu nome e o de seu pai. Tentou interrogá-lo, mas ele o fez compreender, dando de ombros, que não sabia nada além da mensagem que mandaram transmitir. Você tirou do bolso algumas piastras para lhe agradecer antes de pegar a estrada novamente. O sorriso largo que se desenhou nos lábios do garoto ao ver as moedas venceu o tom grave que ele se esforçara para exibir ao lhe trazer a notícia. Você voltou para a estrada, mais chocado que triste, sem ter consciência total do anúncio que acabava de ser feito. Tinha pressa para encontrar sua família.

Você entrou pela clínica onde seu pai não trabalharia mais, sem tentar compreender as implicações da nova realidade, e galgou os degraus de quatro em quatro para juntar-se à sua mãe. Encontrou-a sentada na sala com a tia Lola. Uma parecia exercitar o novo papel de viúva diante da outra, visivelmente exaltada à ideia de assistir de camarote à coroação e sem deixar de expressar seu reconhecimento por meio de alguns soluços demonstrativos. Você quase teve a sensação de incomodá-las.

Percebendo seu desconcerto na soleira da porta, sua mãe o convidou para entrar com um aceno de mão. Suas pulseiras se entrechocaram num tinido impaciente. Quando você chegou perto, ela levantou-se, abraçou-o e respondeu com um convencional "ele não sofreu" à pergunta que você não lhe fizera. Tinha as feições abatidas e os cabelos respeitavelmente penteados. Como era uns dois palmos mais baixa, você arqueava os ombros num movimento desconfortável para envolvê-la. Você ficou imóvel por alguns segundos, sem saber ao certo quem consolava quem, depois ela desprendeu-se do seu abraço e ordenou-lhe que fosse encontrar sua irmã.

Ao ver você entrar na cozinha, Nesrine começou a chorar desenfreadamente, para desespero da criada. Fazia muitas horas que Fatheya improvisava bebidas quentes, carícias enérgicas e súplicas divinas para impedi-la de desmoronar; sua chegada foi uma corrente de ar no castelo de cartas erigido com labor. Ela lançou um olhar furioso em sua direção, mas logo se acalmou, como se fossem necessários alguns segundos para compreender que aquele luto também era seu. Aproximou-se, murmurou "meu querido" olhando para você. Ela, que tinha mil maneiras de chamá-lo de "meu querido", escolhera a que significava "seja forte". Indicou-lhe com um meneio da cabeça que havia muito a fazer e os deixou sozinhos.

Com o rosto desfigurado pela dor, sua irmã parecia mais jovem que os vinte e três anos dela. Lembrava a adolescente que você levava para comer *fetir* doce em Zamalek enquanto ela confidenciava suas mazelas. Você não sabia de nenhuma que não se dissolvesse no mel. Talvez isso lhe proporcionasse mais conforto naquele exato momento. Você não diria aonde a estava levando, ela não tentaria adivinhar, o importante era simplesmente se afastar daquelas paredes que transpiravam tristeza. Ela esboçaria um sorriso ao reconhecer a fachada do café e os pensamentos de vocês dois se uniriam. Nenhuma palavra seria necessária; ela se contentaria em olhar o cozinheiro abrir a massa, fazendo-a rodopiar acima do balcão de mármore, o truque de especialista ampliado pelos espelhos atrás de si. Seria apenas uma extravagância em meio ao luto.

Você afastou rapidamente essa ideia dos pensamentos. Não conseguia se imaginar avisando sua mãe de que iam passear pela cidade em tais circunstâncias. Nunca somos mais do que aquilo que a sociedade espera de nós; naquele exato momento, a sociedade esperava de vocês expressões que inspirassem estima e compaixão. Certamente não migalhas de bolinhos que limpamos dos cantos da boca com a pressa de uma criança gulosa. Lastreado pelo peso de seus vinte e cinco anos, você se sentou perto de sua irmã. A cadeira guardara o calor de Fatheya.

— Tudo bem?

Ela respondeu exibindo os rastros de *kohl* nas bochechas. Como poderia estar bem? Ela sorriu. Era só isso que importava.

Você aproveitou a calmaria antes da tempestade anunciada. A notícia da morte não demoraria a levantar as multidões, como o *khamsin*[2] carrega a areia na primavera. Você não tinha conhecido a comunidade levantina do Cairo em seu apogeu, mas ela

---

2. Do árabe, vento meridional que transporta areia escaldante do deserto egípcio em direção a Israel e Palestina. (N. T.)

permanecia uma cidade dentro da cidade. Sabendo-a unida tanto nos momentos de alegria como nas tragédias, você imaginava que a partida de um dos eminentes médicos dela provocaria certa comoção. Esses *chawams*[3] de fato compunham o essencial da clínica de seu pai e da vida social de vocês. Cristãos oriundos de diversos ritos orientais, eles eram originários do Líbano, da Síria, da Jordânia ou da Palestina. Apesar de terem se estabelecido às margens do Nilo há várias gerações, muitos dominavam mais o francês que o árabe, falando este último apenas por necessidade. Eram considerados, aliás, estrangeiros, quando muito "egipcianizados", sem que tentassem realmente se defender disso.

Você evoluía nesse mundo burguês e ocidentalizado, espécie de lâmpada alógena cada vez mais anacrônica. Herança de um Egito cosmopolita e voltado para o futuro, onde as diferentes populações de ascendências longínquas se frequentavam. Os levantinos identificavam-se pela educação europeia dos gregos, italianos ou franceses. Eles conheciam, como os armênios, o gosto ferroso de sangue que precede um exílio. Essas coisas aproximam uns dos outros. A família de seu pai foi uma daquelas que escaparam do massacre de Damasco, em 1860. Ele conservava dela apenas o nome — homenagem ao bairro cristão da Porta São Tomás onde viveram seus ancestrais — e algumas joias, resgatadas da joalheria que ali mantinham, entre elas o relógio de bolso que não o deixava nunca. Talvez na esperança

---

3. Termo árabe que designa os sírio-libaneses do Egito, grupo étnico minoritário no país. A pequena comunidade emigrou quase totalmente após as nacionalizações e restrições à liberdade durante os anos 1960. (N. T.)

de que vocês as legassem a seus filhos um dia, ele contava, a você e sua irmã, histórias de outro tempo. Elas falavam dos que os precederam, chegando em ondas sucessivas e contribuindo para o renascimento intelectual do país que os acolhia, mas também da dominação britânica que eles aceitaram bem e das funções prestigiosas que ocupavam na administração, no comércio, na indústria ou na cultura. Nas palavras dele transparecia um misto de orgulho e gratidão com relação a esse povo que lhes abrira os braços. Mas suas entonações tinham cada vez mais dificuldade para conter as notas melancólicas. Ele sabia muito bem que a água escoara sob a ponte Qasr al-Nil e que outro Egito tinha despertado. Um Egito em busca da reconquista de sua identidade árabe e muçulmana, galvanizado pelo patriotismo nasseriano e pela reconquista de seus sonhos de grandeza. Um Egito decidido a não ser privado de sua elite. Suez, as nacionalizações, os confiscos e as partidas provocaram um despertar brutal para esses *chawams* que sonharam em ser um elo entre o Oriente e o Ocidente. Você se lembrava dessa época em que não se passava um dia sem que um amigo anunciasse a partida para França, Líbano, Estados Unidos, Austrália ou Canadá. Sem outra violência a não ser a de um dilaceramento interno, eles se resignavam em deixar a terra que haviam amado perdidamente e onde pensavam que um dia seriam enterrados. Vocês pertenciam àqueles poucos milhares que permaneceram, recusando-se a abandonar um país que lhes dava as costas. Àqueles que se esforçavam para perpetuar a ilusão de uma vida de calmaria no cenário familiar de suas casas, igrejas, das escolas francesas onde matriculavam os filhos e do cemitério greco-católico do Velho Cairo onde seu pai logo repousaria.

Foram muitos os que se acotovelaram no dia seguinte, na sua casa em Dokki. Uma prima de Fatheya veio ajudar na organização do cortejo de condolências que sua mãe acolhia com a dignidade de praxe. Ela recebia as visitas cronometradas daqueles que a improvável aliança das regras de decoro e de um instinto voyeurista conduzia à sua porta. Vinham com suas fórmulas convencionais e algumas lembranças de seu pai cuidadosamente desempoeiradas para a ocasião, julgavam internamente o estado de acabrunhamento de vocês. Perscrutavam o sulco obscuro cavado sob seus olhos pelo cansaço, o frêmito que se apoderava de vocês quando pronunciavam o nome do falecido, em seguida partiam com o sabor mesclado dos doces de pistache e do dever cumprido. Para alguns, a morte é decididamente o que a vida pode oferecer de mais divertido.

Tratava-se do primeiro luto ao qual você se expunha tão diretamente. Você descobria o sentimento difuso de estar fora de si mesmo, quase dissociado de seu próprio invólucro, como se a mente se recusasse a infligir ao corpo uma dor que ela não suportaria. Você se via recebendo a notícia da morte de seu pai, recepcionando os convidados, esforçando-se para consolar sua mãe. Ouvia cada uma das palavras que dizia como se fossem pronunciadas por um terceiro. Observava-se na companhia de Nesrine, chorando tudo o que você não chorava.

Foi necessária quase uma semana para que uma noite, na solidão do seu quarto, emergissem as primeiras lágrimas. Tudo o que dizia respeito a seu pai, a partir de agora, passaria a ser lembrança, mas não foi essa a vertigem que se apoderou de você. Não, foi outra tristeza que o invadiu. Você sentia de repente o cerco das responsabilidades que se encerrava em seu peito. As obrigações sociais às quais se curvara nos últimos dias tinham-no levado a aferir o lugar que seu pai ocupava na comunidade e, por transferência, no qual você teria que investir a partir de então. De fato, naquele exato momento, você chorava sobretudo por si mesmo. Era o impostor que destituía o pai até das lágrimas que lhe pertenciam.

Num misto de superstição e de cansaço, você imaginou que ele poderia estar lá, uma presença invisível, onisciente, observando seus gestos e decifrando seus pensamentos. À medida que o sentia próximo, voltavam o tom de suas raras palavras e a eloquência de suas sobrancelhas. O odor do tabaco a preencher o cachimbo, os berros que somente as partidas de bridge podiam provocar, a capacidade dele de memorizar cada carta jogada numa rodada. A mão segura que havia ensinado você a examinar os corpos, a rastrear os sinais de uma doença emergente, a antecipar as perguntas clínicas que, na maioria das vezes, apenas confirmavam a intuição de uma primeira ausculta. O olhar firme cuja autoridade bastava para interromper as cenas de cólera às quais sua mãe podia se entregar. Você se perguntou por um instante se, entre todos, não seria este último elemento o que mais lhe faria falta.

Rever seu pai por meio desses detalhes anódinos o acalmava. Era como se ele se transformasse de novo no centro legítimo da sua tristeza, abafando, por isso mesmo, o fogo de uma culpa que ameaçava te consumir. Seu coração retomou um ritmo normal. Você pensou nele e chorou.

Pouco importa a ordem dos acontecimentos, você fez o que um filho em luto tem a obrigação de fazer. Seu corpo estava cansado de um esforço dificilmente identificável. Você se perguntou quanto tempo seria necessário para que sua mente subtraísse cada uma dessas lembranças. Adormeceu antes de encontrar uma resposta convincente.

***

As semanas seguintes foram inundadas por considerações diversas. Sua mãe mergulhava com uma devoção minuciosa na nova realidade. Ela tolerava os sinais de cansaço (o que havia de mais legítimo?), mas cuidava para que não fossem percebidos como sinais de desleixo. Um pouco de aflição era aceitável, mas de jeito nenhum o abatimento. Ela traçava entre ambos uma fronteira sutil e sempre conseguia ficar do lado certo. Por trás de seu caráter forte que todos admiravam, faziam pouco caso da contribuição de Fatheya, que se empenhava com discreta abnegação em responder às injunções da patroa. Aliás, preciso restabelecer uma verdade aqui: Fatheya não se chamava Fatheya *de verdade*. Seus pais tinham-na chamado de Nesrine no nascimento, mas logo sua mãe descobriu que ter duas Nesrines em casa só poderia ser fonte de confusão (sem contar que não era decente ou concebível que sua prole compartilhasse nem mesmo o nome com a criada). Mas eis que Fatheya trabalhava bem, aprendia rápido e não parecia nutrir nenhuma concupiscência suspeita pelos talheres de prata, como comprovavam as meticulosas recontagens que se seguiam ao final de seus serviços. Sua mãe decidiu, então, não culpar Nesrine-Fatheya pela usurpação retrospectiva do nome da filha. Por decisão unilateral, escolheu outro para a criada, ressaltando que ela não tinha sido consultada quanto ao tema e que não havia, portanto, lugar para queixas. Essa inesperada redenção onomástica encorajou Fatheya a redobrar a criatividade para satisfazer a patroa. Naquele exato momento, isso consistia essencialmente em transformar sua entrada na viuvez em uma esplêndida cena social.

Você não podia culpá-la, sabia muito bem que não era uma situação invejável. Mesmo meio século depois de Huda Sha'arawi[4] ter lançado seu véu na costa de Alexandria, a gestão autônoma da própria existência administrativa permanecia um horizonte longínquo para uma mulher sozinha. Ter um filho revelava-se então um trunfo precioso. Você assumiu com bastante naturalidade os diversos procedimentos burocráticos gerados pela morte de seu pai, somados ao trabalho que já desenvolvia no consultório dele. Aliás, os pacientes mantiveram-se, em sua grande maioria, fiéis a você, apesar da diferença significativa de experiência e reputação que o separava dele.

Você reproduzia os gestos friamente ensinados na prestigiosa faculdade de medicina de Kasr el Aini e aos quais seu pai soubera dar sentido e concretude. Ele lhe ensinara a técnica e, tanto quanto isso se pode transmitir, a intuição. A maneira de abordar uma doença e seu portador. De escutar os batimentos de um coração assim como aquilo por que ele bate. Não era de elogiar, mas você sabia reconhecer as marcas de aprovação, às vezes até de orgulho, que ele expressava hora ou outra de maneira indireta. Soubera levá-lo progressivamente, de simples

---

4. Huda Sha'arawi (1879–1947) foi uma líder feminista egípcia, fundadora da União Feminista Egípcia, primeiro movimento feminista do país, em 1923. (N. T.)

assistente, a assumir um papel cada vez maior nas consultas que ele oferecia. Por vezes pedia de propósito sua opinião diante de certos pacientes ou ressaltava o valor da sua avaliação num diagnóstico realizado. Isso o incomodava no início, mas você compreendeu rapidamente que era uma maneira de ser nomeado como herdeiro do saber dele. Agora que ele havia morrido, restava continuar a construção dessa legitimidade cujas fundações seu pai havia edificado.

    O consultório só ficou fechado por dois dias. Você fez questão de que as atividades fossem retomadas o mais rápido possível. Obrigou-se a honrar as consultas marcadas antes da morte dele e tinha o cuidado de decifrar sistematicamente as anotações feitas por seu pai no prontuário médico de cada paciente, antes que este se apresentasse diante de si.

    Nesrine ia vê-lo à noite, no térreo, onde ficava o consultório. Ela sabia que o encontraria ali até tarde. Você gostava desses encontros. Eles alegravam as últimas horas de um dia repleto de trabalho. Ela dizia que vinha te ajudar, mas as boas intenções nunca sobreviviam por muito tempo às atividades que você lhe dava. Ela acabava por se levantar para preparar um "café branco", água quente à qual acrescentava algumas gotas de água de flor de laranjeira e açúcar na medida. A noite se instalava em meio à ternura. Vocês falavam de lembranças da infância, de seus pais. Às vezes do futuro, com frequência do passado. Ela dizia que a flor de laranjeira era boa para a memória. Você não tinha coragem de lhe dizer que ela não havia cumprido nenhuma das tarefas para as quais oficialmente viera te ajudar; mas, afinal, isso não tinha a menor importância. A presença dela era agradável.

Um dia, você teve uma ideia genial: oferecer-lhe um gatinho. Ela o chamou Tarbouche.[5] Gatos vira-latas não faltavam nas ruas do Cairo; este ainda não havia completado o desmame e parecia abandonado. Sabendo que sua mãe não veria com bons olhos a ascendência modesta do novo membro da família, você combinou com sua irmã de lhe atribuir uma origem mais aceitável. Ele seria oficialmente oriundo de uma ninhada da qual um de seus amigos quisera se desfazer. Nesrine desempenhou maravilhosamente bem o papel de mãe de aluguel, confiscando do seu material algumas pipetas para alimentá-lo e dispensando-lhe mais carinho do que qualquer felino cairota conhecera antes dele. Assim, ela continuava a vir ao consultório, mas a atenção dela agora estava voltada para o mimado Tarbouche. Você podia se dedicar aos prontuários ao mesmo tempo que aproveitava a presença dela. E seus cafés brancos.

---

5. Do árabe, chapéu vermelho, cilíndrico, com um prolongamento de seda, típico do Egito e da Turquia. (N. T.)

4

Cairo, 1981

Um patriarca copta da época fatímida.[6] Você quase o visualizava, com a túnica escura, a capa de asperges, o amito e a barba densa. Mesmo um milênio antes, os patriarcas coptas ostentavam forçosamente barbas densas, você está convencido. Prosseguimos. Ele fora desafiado pelo califa a provar os fundamentos de sua religião. No entanto, era simples: não afirma um versículo dos Evangelhos que basta uma fé comparável a um grão de mostarda para mover uma montanha? Pois bem, que ele movesse a do Mokattam! Em caso de falha, o povo copta seria inteiramente exterminado. Embora a história tenha se desenrolado há dez séculos, a tensão na voz de seu interlocutor não era falsa. Você adorava escutar as pessoas do Mokattam contarem essas lendas de que tinham muito orgulho. Histórias do ambiente familiar que, no entanto, lhe eram desconhecidas.

Desamparado, o velho religioso iniciou três dias de jejum e oração, ao fim dos quais a Virgem Maria apareceu para ele. Ela o

---

[6]. O Califado Fatímida iniciou-se com a ascensão da dinastia dos fatímidas, de origem árabe, e perdurou, no Egito, de 969 a 1171. (N. T.)

convidou a ir à praça do mercado, aonde viria em seu auxílio um sapateiro de nome Simon, a quem só restava o olho esquerdo. "Só um olho?" Como bom médico, você perguntou sobre a origem dessa deficiência. Responderam que outrora um pensamento impuro se apoderara do fabricante de sapatos à vista do pé de uma cliente, e que ele decidira arrancar o olho a título de penitência. Enquanto mensurava a extensão da piedade dele, você não conseguia deixar de imaginar a cena da mulher que não pôde fazer uma encomenda ao sapateiro porque ele estava envolvido em uma sessão mística de automutilação. Mas o essencial residia em outro ponto: o virtuoso artesão também sabia operar milagres, o que, neste caso, se mostrava muito útil. Depois de algumas encantações, o Mokattam elevou-se diante dos olhos incrédulos do califa, condenando este último a reconhecer a veracidade das Escrituras cristãs.

Houve um silêncio; espiavam sua reação. Você exibia um ar impressionado pelo desenlace. Sabia que o povo copta do Egito era particularmente apegado a esse milagre. Considerando que lhe deviam a vida, ele ainda era muito presente, um milênio depois, naquelas paragens que agora ganhavam ares de lixeira a céu aberto. Com efeito, tudo havia mudado bastante desde então: alguns anos antes, o governador do Cairo tinha emitido um decreto visando juntar nesse lugar o lixo da capital. Camionetes, cuja altura podia triplicar apenas com o volume dos resíduos que transportavam, vinham despejá-los ali conforme suas coletas. Uma economia inteira fora criada em torno da atividade desses *zabbalin*,[7] uma "comunidade das lixeiras" vivendo de coleta

---

7. Em árabe egípcio, literalmente "pessoas do lixo". Atualmente, significa "coletores de lixo". (N. T.)

seletiva, revenda e reciclagem. Capazes de criar tudo a partir do nada, eles transformavam, com a mesma engenhosidade, as latinhas de refrigerante em bolsas e os paredões hostis de sua montanha em local de oração. De fato, há algum tempo nascia da rocha uma igreja rupestre em homenagem a Simão, o Sapateiro, agora seu santo.

Os que não sabem mover montanhas podem ao menos construir um dispensário, você dizia a si mesmo. Mantinha a convicção de que ele era sempre mais útil que uma igreja para os habitantes deserdados daquelas alturas. Ele havia mudado bastante de sete anos para cá, com o telhado postado sobre as quatro paredes que compunham a construção inicial. Água corrente mais ou menos potável e eletricidade alimentavam igualmente o que era, na origem, apenas uma enfermaria improvisada. Durante anos, seus pacientes mais fracos tiveram por hábito sentar-se, ao longo da parede externa, em cadeiras dobráveis que você colocava para fora no início do atendimento. Você mandou construir para eles uma sala de espera anexa ao cômodo onde realizava as consultas. As obras tinham começado no mês anterior e você se entusiasmava com cada avanço visível da construção. Por vezes até participava, sob o olhar divertido dos moradores que jamais tinham visto um médico carregar tijolos com as próprias mãos. Aliás, era esse mesmo o papel de um médico? Qual clínico digno desse nome teria tempo para se dedicar a tais tarefas? Felizmente, sua reputação ultrapassava agora a margem oeste do Nilo e não se expunha às más línguas. Sua reputação e, acima de tudo, a de seu pai, a quem você sabia que devia tudo nesse aspecto. De resto, o projeto de oferecer seus cuidados aos habitantes do

Mokattam era seu. Aliás, você demorou vários meses para falar com ele sobre isso, à época, por medo da reação dele. Contra todas as expectativas, ela foi bastante positiva. Satisfeito por ver a medicina ocupar também seu tempo livre, seu pai simplesmente fez questão de que a nova atividade não interferisse no seu trabalho no consultório. Sua mãe, que de início havia reagido com violência diante do que lhe parecia uma perda de tempo, alinhou-se à posição do marido. Não era tão ruim você praticar com gente simples, lá onde um eventual erro médico lhe parecia de pouca importância.

Uma fila ruidosa e imprecisa precedia cada uma de suas vindas. Ela era composta de enfermos, velhos desdentados, criancinhas enfermiças e algumas mulheres que voltavam, semana após semana, para pedir sua opinião sobre quase todos os assuntos. Você fingia não reparar na toalete delas e na manifesta ausência de males que justificassem uma consulta médica. Elas vestiam os filhos com roupas limpas que contrastavam com os trapos esfarrapados usados todos os dias para brigar por uma bola feita de meias sucessivamente enfiadas umas nas outras, no meio do monte de latinhas e de restos de tecido que lhes servia de parque infantil. Você os recebia entre as quatro paredes onde tocava ao fundo uma fita cassete na qual você tinha compilado suas músicas favoritas vindas da Europa e aquela canção em árabe de Dalida, lançada alguns meses antes e que teus pacientes pediam. Você não recusava ninguém, esforçando-se para oferecer a todos os cuidados e a escuta que vieram buscar. No máximo, se permitia priorizar aqueles cujo estado lhe parecia mais crítico. O velho Moufid começava cada consulta mostrando os dedos nodosos que as articulações não permitiam mais dobrar, Noura falava de sua asma, que ela atribuía a um feitiço lançado por sua pérfida nora, e Amira fingia uma dor de cabeça que tinha como origem única e recorrente a ausência de pretendente para sua filha. Talvez ela contasse com sua dedicação sem limites para curar o mal pela raiz.

Assim como os *zabbalin* do Mokattam dedicavam sua existência a devolver a vida aos objetos que acabavam em suas mãos, você se empenhava para cuidar daqueles corpos maltratados, daqueles membros deslocados, daquelas chagas purulentas cujo odor ninguém mais distinguia de tanto que a favela concentrava por si só as exalações mais fétidas. Se elas tinham te sufocado nos primeiros atendimentos, agora você não se incomodava mais. Elas eram a vertente olfativa desse lugar ao qual você tinha se apegado. Você tinha parado de contar as costelas quebradas, as infecções não tratadas e as faltas de ar. Descobria os limites da sua profissão quando aquelas mulheres de rosto contundido diziam que haviam tropeçado ao descer os degraus de casa. Você se esforçava para escutar de cada uma tanto as palavras pronunciadas, quanto as caladas. Em seguida as acompanhava, impotente, rumo à entrada do seu consultório, onde o marido as aguardava. Um marido cujas mãos com ares de escadaria você reveria na hora de dormir.

Às vezes você sentia desconforto ao ver sangue. Desde a infância, conservava uma repulsão instintiva que ainda tentava dominar. Você devia ter catorze anos no dia em que Nesrine, voltando de um passeio de bicicleta com a perna esfolada depois de levar um tombo em cima de um cacto, veio requisitar seus talentos de futura eminência médica. Já estava decidido que você seguiria os passos de seu pai, e para sua mãe era uma questão de honra lembrá-lo disso sempre que surgisse uma oportunidade. Talvez fosse uma maneira de assegurar que você não mudaria de ideia. Nesrine apareceu com aspecto orgulhoso e a panturrilha arranhada, cravada aqui e ali de espinhos que ela teve o cuidado de não tirar para não alterar em nada o caso clínico que lhe oferecia. Ela também tinha em mente que você poderia poupá-la do "remédio-que-arde" de seu pai e, sobretudo, da reprimenda que o acompanharia. Descobrindo a ferida, você sentiu crescer o mal-estar e foi ela que teve de segurá-lo quando você desmaiou. Desse dia em diante, ficou decidido que seu pai manteria a primazia dos males até que você recebesse o diploma, o que te dava mais de uma década de trégua.

Muito tempo depois, teu espírito ainda lutaria para dissociar uma pessoa do próprio corpo durante operações complexas em que sua mão não devia ceder à emoção. Apesar de um condicionamento de longa data, você continuava a sentir uma ânsia de vômito quando Tarbouche surgia com os despojos do último pombo que tinha cruzado seu caminho na boca, e o mesmo ar valentão de Nesrine, quando criança, levantando-se do cacto.

Na faculdade, você descobriu a paixão pelo funcionamento do sistema nervoso. Teria dedicado a vida a estudá-lo com prazer, mas seu pai esforçava-se com veemência para que seus conhecimentos encontrassem uma aplicação manual. Você optou pela neurocirurgia, que acabaria por praticar no hospital americano do Cairo, em paralelo ao trabalho na clínica. O saber dissociado da prática sempre lhe parecera, na melhor das hipóteses, vão, senão suspeito. Para além da área médica, seu pai mantinha uma distância prudente de toda forma de intelectualismo. Se lhe fosse dado viver até lá, os últimos meses da presidência de Sadat — quando muitos dos seus professores da universidade e dos mais engajados pacientes dele seriam presos —, teriam lhe dado incontestável razão. Ele sempre se recusou a emitir o menor julgamento moral ou político, afirmando se limitar à sua função na sociedade: cuidar dos corpos. Você nunca soube se era uma maneira de evitar os assuntos polêmicos num Egito onde uma opinião podia custar a vida ou, simplesmente uma falta de interesse sincera da parte dele.

5

— É um homem?
— Não.
— Uma mulher?
— Com certeza...
— Poderia ter sido Tarbouche! — gargalhou ela. — Uma mulher, então... Ela é conhecida?
— Não.
— Da família?
— Sim.
— Tia Lola?
— Você tem que fazer perguntas!

Ela deixava de ter trinta anos quando vocês se entregavam a esse jogo que os divertia desde a infância, e cujas regras ela fingia descobrir. Continuou num falso tom formal:
— A pessoa que procuramos se chama tia Lola?
— Nesrine...
— Mas isso é uma pergunta!
— Pela regra, se você der um palpite errado, você perde.
— Eu nunca gostei dessa regra...
— Não, ela tem mais dentes que a tia Lola.
— Nonna Rose?

— Menos álcool que Nonna Rose.
— Isso não é dica, pode ser praticamente qualquer um! Solteira?
— Viúva.
— Tia Simone!
— Sim, bravo!
— Vamos jogar mais uma!

Você estava prestes a dizer que era hora de ir para casa quando o garçom os interrompeu. Nesrine tomou outro chá de hortelã, você não estava mais com sede. Ela já tinha adivinhado sua mãe, Oum Kalsoum, Ronald Reagan e a prima de Fatheya. Esses nomes somavam-se ao panteão das personalidades descobertas por sua irmã em duas décadas de charadas solucionadas.

— Uma última então, mas já aviso, você não vai conseguir acertar esta.

O rosto dela se iluminou.
— É um homem?
— Não.
— Viva?
— Sim.
— Conhecida?
— Não.
— Da família?
— Não.
— Bonita?
— Pode-se dizer que sim.
— Você não pode fazer isso! Você tem que responder sim ou não!
— Nunca gostei dessa regra...

— Então, bonita?
— Sim...
— Ah!

Ela listou quase todas as amigas, insinuou o nome de algumas conhecidas de sua mãe, na maioria das vezes por ironia, uma ou duas pacientes do consultório com as quais ela teria te visto sair, depois ficou sem inspiração. O cérebro dela girava sem rumo como o ventilador de teto.

— Eu disse que você não descobriria. — Você abriu um sorriso triunfante. — Vamos, está na hora de ir embora. Um último palpite?

Ela assumiu um ar resignado.

— Não, diz logo, vai. Quem é?
— Mira.
— Mira Nakelian?
— Ela mesma.
— Mas faz dez anos que não a vemos! — protestou.
— Catorze, na verdade. Não é um critério de exclusão, que eu saiba.
— E por que você me vem com Mira Nakelian agora? — resmungou Nesrine, que não gostava de perder.
— Porque sabia que você não ia descobrir. E porque cruzei com ela outro dia.

Foi uma tarde cuja única ambição era unir-se à sombra dos sicômoros. Uma tarde de fortuita mansidão. De todas as perguntas com que Nesrine o bombardeou desde que deixaram o café, apenas uma realmente importava:

— Suponho que ela seja casada, certo?

— Bem, está supondo errado.

O rosto de Nesrine iluminou-se. Mira era a primeira garota sobre a qual você falava; sua irmã nunca mais veria o mesmo entusiasmo quando você evocasse as seguintes. O muezim tentava tornar audível o chamado à oração, mas o riso das crianças e o ruído das motos o encobria. Vocês margeavam os edifícios cor de areia sem prestar atenção. Uma tarde de adolescência redescoberta.

— E você, não tem nenhum garoto na sua vida?

— Tarek, vamos lá! Mesmo de brincadeira, não diga coisas desse tipo...

As bochechas dela enrubesceram; pareciam a polpa das primeiras melancias da primavera. A reação dela o surpreendeu. Talvez fosse indelicado insinuar que uma moça de trinta anos poderia não estar casada ainda e sair com homens. Isso lembrou você da desigualdade de suas situações; esse pensamento evaporou-se tão furtivamente quanto surgiu.

— Eu preciso te apresentá-la em algum momento.

6

Cairo, 1967

Quando adolescente, você ia regularmente ao Gezira Sporting Club. Era um ponto de encontro das famílias de bem da capital, pelo menos aquelas cuja empresa ainda não estava sob o controle do Estado. O temor de que fossem até lá conspirar contra o poder vigente triunfara sobre a carteirinha de sócio. Muitos de seus colegas da burguesia sírio-libanesa do Cairo tiveram a mesma experiência. Naquele Egito em ebulição, a profissão de seu pai oferecia uma tranquilidade ainda mais preciosa devido às origens estrangeiras dele.

Embora oriunda de um meio mais modesto que a maioria dos frequentadores, Mira ia igualmente ao Club. Sua família fazia parte da terceira e última onda de armênios que emigraram para o Egito. Os pais dela ainda eram crianças quando chegaram em meados dos anos vinte, primeiro o pai, Sévan, depois a mãe, Kariné. Suas respectivas famílias não se conheciam, mas certas tragédias aproximam, tanto no sentido figurado como no literal, de modo que ambos residiam em Miṣr el Kadima, no Cairo antigo, onde também se localizava o cemitério armênio. Este se enchia mais devagar que os das terras que haviam deixado; agradeciam a Deus diariamente por isso.

Falavam armênio em casa. Compreendiam também o turco, ainda que evitando pronunciar qualquer palavra nessa língua (com exceção do anúncio dos lances de dados durante as partidas de *tawla*, que Sévan Nakelian geralmente acabava ganhando). O árabe era reservado às interações com o país adotivo. Quanto ao resto, ambos trabalhavam numa gráfica dirigida pelos compatriotas, na qual Sévan tinha obtido um cargo de liderança através de posições galgadas com paciência. Conscientes da necessidade de se integrar ao presente sem presumir o futuro, eles garantiram que Mira aprendesse o árabe e o francês na escola. Ao contrário da maioria de seus compatriotas, não mandaram a filha única para a escola armênia, mas sim para uma instituição religiosa privada do Cairo. Desde a mais tenra idade, ela se acostumara a conviver com amigos de origens mais privilegiadas, a atender quando o telefone tocava em casa e a traduzir para seus pais as canções de Aznavour que eles cantarolavam foneticamente.

Ela se sentava com frequência nas mesas externas do Club para ler e assistir às corridas de cavalo enquanto o sol improvisava reflexos rubros em seus cabelos escuros. No resto do tempo, refugiava-se na sala de música, onde descobria os discos de vinil que vinham da França. Escutava sem parar *"Ciao amore ciao"* de Dalida, sonhando com as estrofes sobre amores impossíveis da egípcia de Chubra que conquistara a França, e estava secretamente apaixonada por Salvatore Adamo, cujos discos ainda eram vendidos no mundo árabe. Gostava de dispor as capas dos vinis de trinta e três rotações por minuto, uma ao lado da outra, encenando olhares cúmplices entre os artistas, inventando diálogos para eles e caindo na gargalhada com as amigas diante do absurdo das réplicas que elas lhes atribuíam. Sua face arredondava-se um pouco à medida que o riso elevava suas maçãs do rosto.

    Você conhecia o local desde a infância. Seu pai, que nunca apreciou os salões e outros círculos literários que sua comunidade frequentava, passava o tempo livre no ambiente esfumaçado das salas de jogos do Club. Lá ele encontrava os parceiros de bridge enquanto você experimentava vários esportes: natação, críquete e até golfe naquele campo, o mais antigo do Egito, que há muito tempo era reservado apenas aos cidadãos britânicos. Por fim, você se contentou com o tênis, esporte no qual acabou alcançando um bom nível. Ao sabor de suas tergiversações esportivas, você não reparou que o local dos treinos coincidia estranhamente com os que Mira escolhia para as leituras. Foi preciso que seus colegas de time zombassem dessa relativa coincidência para que você encarasse o fato de que ela gostava de você (versão que ela, porém, contestaria, Mira-Má-Fé).

* * *

Naquela segunda-feira de manhã, você teve que ir à aula. Mal se aproximou do portão de casa, os gritos de excitação da rua o alcançaram. Os carros não circulavam mais e as pessoas aglomeravam-se em volta dos táxis, imóveis e com vidros baixados, que tinham aumentado o volume dos rádios no máximo. Faltava pouco para as nove horas e a Rádio Cairo enumerava com orgulho várias dezenas de aviões israelenses abatidos. Fazia alguns dias que a tensão aumentava. Os adiamentos de Levi Eshkol, as invectivas autocomplacentes de Nasser, a aproximação do rei

Hussein e dos aliados árabes, a prudência das potências europeias, as tergiversações norte-americanas... o cenário de uma peça gloriosa para o Egito foi rapidamente montado e eis que o primeiro ato começava com estrondo. Iludida pelas supostas façanhas militares, a multidão exultava, repetindo a quem quisesse ouvir os trechos de comunicados sabiamente destilados pelo alto comando do exército. Homens colocavam os braços para fora das janelas dos ônibus, batendo na mão de transeuntes desconhecidos. Pressagiava-se um dia histórico.

Afogado na massa humana galvanizada, você atravessou a ponte que levava a Zamalek com dificuldade e precipitou-se na direção do Sporting Club, certo de que muitos teriam a mesma ideia. Os alto-falantes, normalmente reservados para os resultados esportivos, retransmitiam a rádio, que desfiava o rosário de apoio dos países aliados. Você foi absorvido pelo fervor popular que vinha inflamar o palanque ora marcial, ora laudatório dos apresentadores de rádio. Você tinha apenas dezoito anos. Ocorreu-lhe a ideia de que também poderia ser convocado para servir naquela guerra; tentou não pensar nisso. As horas passavam e vocês já tinham quase uma centena de aviões inimigos abatidos. Suas forças avançavam pelo Sinai e tropas já haviam penetrado no território israelense.

— Parece que Nasser vai almoçar amanhã em Tel Aviv...

Você ouviu pela primeira vez a voz de Mira; virando-se, reconheceu a leitora das quadras esportivas.

— É o que dizem.

Você se sentiu tomado de repente por uma estranha audácia e acrescentou:

— E você, onde vai jantar hoje?

*

O que viria a ser chamado de Guerra dos Seis Dias tinha começado algumas horas antes e ninguém poderia imaginar que ela já estava praticamente perdida para o Egito e seus aliados. Os relatos das façanhas imaginárias faziam vibrar o país inteiro, que levaria várias décadas para mensurar as consequências de sua derrota. Isso não importava. As pessoas ao seu redor irradiavam a falsa felicidade delas. O fim da tarde foi clemente com a cidade abrasada pelo calor de junho. Você caminhou, mais leve que o grão de areia que dança ao vento, segurando Mira pela cintura. Pareceu-lhe que o dia poderia autorizar alguns desvios das conveniências.

***

O que você sabia dela? Quase tanto quanto ela sabia de você. Quase nada, em suma. Vocês tinham combinado de se encontrar em Zamalek, apenas algumas horas depois de terem se separado. Na rua Hassan Sabry Pacha, mais precisamente, onde banqueiros, diretores, deputados e advogados possuíam residências cuja arquitetura pretendia ser uma tradução ostentatória de seu êxito social. Esse bairro pareceu-lhe um dos cenários mais adequados para suas tentativas de sedução. Vê-la chegar aliviou o temor inconsciente de que ela não viesse. Você tinha passado o início da noite imaginando um passeio romântico que os levaria rumo a um restaurante chique onde reservara uma mesa. Assim que começou a lhe apresentar o trajeto, Mira o interrompeu. Ela explicou sem rodeios que não via nenhum charme naquelas avenidas pretensiosas e que seria melhor, naquele momento histórico, procurar um bar, onde certamente seriam oferecidas algumas rodadas de bebida em homenagem à grandeza redescoberta do Egito. Surpreso, você capitulou sem insistir e deixou-lhe a escolha do destino. Ela foi à frente esboçando um sorriso.

* * *

— Você gosta de dançar?

Não era exatamente uma pergunta e, de todo modo, você não tinha muitos fatos nos quais basear uma resposta. Balbuciou algumas palavras às quais ela não deu atenção; bastou empurrar a porta para que o barulho do local abafasse tuas palavras. Era evidente que Mira estava em terreno conhecido. Ela batia nos ombros dos garçons com familiaridade e recobria cada gesto tão naturalmente que eles contrastavam com a hostilidade das luzes e do volume do som. Você já tinha se deixado levar a discotecas adjacentes aos grandes hotéis do Cairo, mas estas pareciam bem limpinhas em comparação ao lugar onde você estava. Ambos estavam de pé. Serviram-lhe uma bebida que você não lembrava ter pedido. Ela já tinha pagado. Mira-Conquista-Espacial. Em circunstâncias normais, ser convidado por uma garota, ainda por cima sem realmente conhecê-la, seria impensável, mas nada mais o surpreendia.

— Você vem sempre aqui?

Mira levou a mão à orelha para indicar que não tinha ouvido. Você aproximou a boca do rosto dela, forçando a voz para repetir a pergunta que agora parecia um pouco boba. Ela não se deu ao trabalho de responder e agarrou seu braço para levá-lo à pista de dança. Você nunca tinha dançado antes. Para você, que levara anos para aprender como reproduzir um gesto médico, parecia óbvio que sua formação em dança não duraria mais que alguns segundos. Seu olhar se prendia aos movimentos de uma multidão desordenada numa tentativa desesperada de encontrar alguma inspiração. Você não saberia dizer o que havia no seu copo, mas sentiu que uma golada não seria inútil.

***

Dois dias. Os soldados inimigos levaram tanto tempo para conquistar o Sinai quanto Mira levou para invadir seus pensamentos. Foi uma surpresa, sem muita oposição. Dois dias. Avançar sob os radares, neutralizar toda forma de resistência, atacar. Como Leila enfeitiçando Qais no conto que liam para você quando criança, ela tinha tomado posse de sua mente de tal forma que parecia ainda mais presente quando vocês não estavam juntos. As dezenas de milhares de soldados egípcios não retornaram do combate para contar a história da derrota do nosso Exército e vivíamos as últimas horas de uma ilusão de vitória. A embriaguez absurda das ruas equivalia à tua.

Você a reviu no dia seguinte, depois novamente na outra noite. Cada hora que o separava dela era preenchida com um misto de torpor meio ingênuo e expectativa ansiosa típica dos primeiros instantes de uma relação. Você dormiu mal, admirou de diferentes ângulos seu sorriso no espelho, virava mecanicamente o punho direito em que estava o relógio, ensaiou alguns passos de dança longe dos olhares e confidenciou a Nesrine, que nunca tinha se mostrado tão interessada no que você lhe contava sobre seus dias. Aos dezesseis anos, ela se autoproclamou especialista em sedução. Tinha lido sobre o assunto (basicamente *Madame Bovary*, emprestado com discrição da biblioteca de sua mãe e reduzido a algumas passagens que chamaram sua atenção à medida que folheava as páginas) e afirmava, peremptória, que os corações das mulheres eram, a um só tempo, semelhantes entre si e indecifráveis para um cérebro masculino tão novato quanto o seu. Esse aspecto lhe conferia naturalmente um papel de destaque no projeto de conquista amorosa dela. Ela se encarregou de sua preparação mental e, sobretudo, do vestuário para cada encontro, e esperava impaciente seu relato na manhã seguinte para mensurar o progresso realizado. Era como se você visse sua mãe por trás das atitudes de general do Exército que sua irmã caçula assumia, a ponto de lhe parecer ao mesmo tempo comovente, divertido e perfeitamente assustador. Ela escolhia as roupas e inspecionava o penteado domado pela brilhantina até dominar o menor fio de cabelo que sonhasse em se rebelar. Quando o via chegar, Mira não deixava de levantar os olhos diante dos seus ares de menino comportado antes de passar a mão carinhosamente nos seus cabelos para lhes devolver um pouco de liberdade.

7

— Como assim "não veio"? Tem certeza de que não confundiu o lugar?

— É o mesmo local de encontro desde segunda-feira...

Nesrine procurava a falha em seu plano. Ela se demorou em diferentes hipóteses sobre o rumo que tomaria o novo encontro, posicionando mentalmente cada uma delas em dois eixos em função da probabilidade e do caráter mais ou menos favorável para o resultado esperado. Embora pensasse ter considerado quase todas as eventualidades, era preciso admitir que esse passo em falso não era uma delas. Ficou ainda mais desconcertada porque esse encontro tinha um lugar de destaque em sua estratégia: deveria lhe permitir coletar (com tato) os elementos factuais sobre os quais ela forjaria uma opinião sobre Mira. Não se podia confiar cegamente numa garota que lhe pagou uma bebida que você não pediu, mesmo que fosse sócia do Gezira Sporting Club! Mira-Janusiana.

— Com certeza aconteceu alguma coisa na última vez que vocês se viram! Você deve tê-la ofendido sem perceber...

Nesrine refletia quando um raio atravessou seu olhar:

— Ah! Por acaso você não disse pra ela...

— Não, eu não disse "eu te amo".

Você pronunciou essas palavras como um aluno recita com seriedade uma instrução elementar. Ela o olhou com desconfiança, o que mostrava que duvidava da sua aptidão para seguir as instruções dela, apesar de bastante claras, depois quebrou o silêncio:

— Então aconteceu alguma coisa com ela... As pessoas estão loucas agora! Vi um velhote quase ser pisoteado por pessoas dançando na rua ao som de músicas patrióticas.

— Bem... na verdade, não.

— Não o quê?

— Depois de esperá-la por mais de uma hora, fui até a casa dela e a vi pela janela. Estava lendo um livro na sala.

— Espera, quer dizer que você sabia o endereço dela?

— Não exatamente, não... Deduzi das suas histórias que ela mora na esquina Miṣr el Kadima.

— Mas não posso acreditar! É claro: ela te deu o endereço e não foi só para ver se você iria procurá-la! Você não entende nada mesmo! Tenho certeza de que ela tinha três amigas de guarda na frente da casa para ver se você apareceria enquanto ela fingia ler!

O cérebro de Nesrine estava em plena ebulição. Ela acabara de encontrar a peça que faltava para que a engrenagem voltasse a funcionar. Depois de alguns instantes de reflexão, decidiu expor o que você teria que fazer na sequência. Tudo se resumia a uma palavra: nada. "Nada?" Sim, nada. Você não iria mais a nenhum encontro, ponto-final. Simplesmente esperaria revê-la, por acaso, no Club, se mostraria indiferente à presença dela, ela rastejaria diante de você, a alma mortificada por suas tramoias (você não pedia tanto, mas Nesrine parecia insistir nesse ponto). Só então você poderia pensar em perdoá-la.

Exaltada pelo rumo que as coisas tomavam, sua irmã bateu o punho na mesa para marcar o epílogo triunfal da operação. "Uma questão de dias!", ela soltou, revigorada, antes de se despedir de você.

Depois de ter perdido dez mil homens, o Egito aceitou na quinta-feira o cessar-fogo da guerra que havia começado no início da semana. Você não reviu Mira nos catorze anos seguintes.

8

Cairo, 1982

Ela aproveitou aquele momento a sós com o pai para lhe perguntar se escolhera bem o marido. Ele redarguiu com um sorriso terno: "Quase tão bem quanto sua mãe". Por pouco não acrescentou "Não falta nada a ele... exceto três letras no fim do sobrenome!",[8] mas se conteve. Trajando o vestido de noiva, ela sabia que o pai não abordaria de novo o assunto, mesmo assim encontrou algum alívio na resposta que ele acabara de dar. Mira-Armenidade-em-Perigo. Fez, então, a única pergunta que realmente lhe importava: "Está orgulhoso de mim?".

Os dois se mantiveram ali como anjos perdidos. Ele, preocupado em não sujar seu terno apoiando-se no Mercedes branco que acabara de trazê-los, ela tentando se lembrar do casamento com o qual havia sonhado quando criança. Fechou os olhos, tentou formar uma imagem. Nada lhe vinha à mente. Nem vestido, nem decoração, nem entrada na igreja, nem abertura

---

8. As três letras a que se refere são -ian, típica terminação de sobrenomes de origem armênia. (N. T.)

do baile... Nada. E, no entanto, jurava tê-los projetado muitas vezes. Chegou à conclusão de que tinha sonhado mais com a concretização do casamento do que com o momento exato. Essa explicação lhe parecia racional. Distraída pelo seu reflexo no vidro da porta dianteira do carro, não procurou outras. Não demoraria para que fizessem o sinal para entrarem na igreja.

Única concessão que obtivera da sogra, as núpcias seriam celebradas na catedral católica armênia da Anunciação, cujas fileiras estavam preenchidas por membros das duas famílias, amigos e notáveis que se encontram pouco, mas dos quais, apesar de tudo, é bom se cercar em semelhante ocasião. De resto, a maioria dos convites fora enviada por iniciativa da família do noivo. Ela se perguntou se tal desequilíbrio seria notado. Essa dúvida a assombrou durante todo o dia. Durante a missa, quando estava sentada de frente para a congregação, no coro da catedral, mas também durante a noite.

Em seu vestido costurado com pétalas de rosa, ela parecia mais jovem. Por sugestão de Nesrine, usava uma coroa de flores que combinava com seu traje e mantinha para trás os cabelos levemente ruivos. Ela se acostumava à nova sensação da aliança de ouro branco, cravejada de diamantes, que envolvia o dedo anelar; ela provinha da loja de um daqueles joalheiros armênios que faziam a reputação da rua Adly. À medida que fluía, o bom vinho pouco a pouco apaziguava a perfídia dos que haviam baixado a voz para perguntar se trinta e três anos não era uma idade avançada para uma noiva. Mas o assunto que surgia inevitavelmente em todas as mesas era o reencontro dos noivos. As mulheres enterneciam-se enquanto os maridos riam de bom grado das circunstâncias inesperadas em que se produzira. "Imaginem! Ela escolheu a Guerra dos Seis Dias para deixá-lo antes de reencontrá-lo catorze anos mais tarde, e isso tinha que acontecer no último desfile de 6 de outubro!"

Todos tinham em mente o relato daquela véspera de Aid, quando, à mesa de um café, você olhava distraído a tela da televisão que transmitia as comemorações da Guerra do Kippur. No meio do desfile militar, dois oficiais e quatro soldados saíram de um caminhão que a princípio parecia ter quebrado e lançaram uma granada antes de abrir fogo contra a tribuna presidencial. Essas imagens que o mundo inteiro reproduziria sem cessar nos dias seguintes tiveram o efeito de um choque elétrico na loja onde você as viu ao vivo. Alguns clientes gritavam incrédulos diante da cena que se oferecia a seus olhos, enquanto outros diziam para se calarem a fim de que pudessem ouvir os comentários de um apresentador abalado pelos acontecimentos. As pessoas agora se aglomeravam no café para assistir à televisão ou então para escapar do caos das ruas, onde uma turba inflamada ecoava a outra, ensanguentada, que fugia dos camarotes do desfile nacional. Ninguém ouviu o homem exaltado gritar "Eu matei o Faraó!" sob o barulho das armas automáticas, mas logo constatariam que o presidente Sadat não tinha sobrevivido. No alvoroço generalizado, a única frase que chegou até você foi esta pergunta, sinceramente incrédula, feita por uma voz esquecida: "Tarek, é você mesmo?". Foi preciso que o país inteiro vacilasse novamente para que a história de vocês recomeçasse de onde havia parado? Mira-Anjo-do-Apocalipse.

***

Os meses que antecederam o casamento permitiram estabelecer as bases da futura mudança. O projeto principal consistia em reconfigurar o primeiro andar da mansão de Dokki em um apartamento independente para que você e Mira pudessem se instalar. Abaixo ficaria, portanto, seu consultório e, no segundo andar, sua irmã e sua mãe. Esta dirigira com punhos de ferro as obras, que — fato notável no Egito — terminaram no prazo, enquanto a noiva se encarregava da decoração. Um acordo inesperado parecia unir as duas mulheres, ultrapassando em muito a simples cordialidade usual. Ele era ainda mais surpreendente porque os temperamentos de ambas não as predispunham a isso, mas sua mãe soubera cobrir com luvas de pelica seu rigor militar quando a futura nora tentava demonstrar pragmatismo e conciliação. Elas eram distintas até fisicamente, e você sorria ao ver Mira tomar cuidado para não usar sapatos de salto quando encontrava a sogra a fim de não acentuar a diferença de silhuetas. Tinham consciência da complementaridade entre elas e dedicavam um sincero respeito mútuo; você quase invejava essa cumplicidade estabelecida em tão pouco tempo.

Longe das obras, para grande alívio seu, você se contentava em perceber os barulhos da construção da clínica no térreo e se refugiava na desculpa da surpresa que elas te reservavam para questionar apenas minimamente uma e outra a respeito dos progressos. Você precisou esperar o dia seguinte ao casamento para descobrir o resultado. Coube à mãe de sua mulher acolhê-los, como determina a tradição armênia; ela lhes ofereceu uma colherada de mel e algumas nozes para lhes desejar uma vida doce. O feitiço durou apenas um ano.

9

Quando você chegou ao Mokattam naquela noite, a multidão se aglomerava diante do dispensário. Você estava uns quarenta minutos atrasado, mas todos ali sabiam que você vinha às quartas-feiras e não faltaria por nada neste mundo sem avisá-los. À medida que se afastava do centro do Cairo, você se sentia levado por um segundo fôlego que te fazia esquecer os esforços de um dia que começara quase doze horas antes. Estacionou o carro ao lado do edifício e logo o cheiro familiar de lixo queimado se fez sentir. Desprezando a aparente fila que deveria determinar a ordem de atendimento, algumas pessoas se aproximaram de você para explicar seus problemas; muito rapidamente elas foram pegas pelos que chegaram mais cedo. Você lançou um olhar furtivo à multidão, identificou alguns casos que lhe pareciam prioritários — crianças pequenas, idosos ou pessoas visivelmente debilitadas, emergências — e começou as consultas. Estava quente de um jeito atípico naquela noite, e o único ventilador que você preferia direcionar a seus pacientes não era de grande ajuda. Os casos que você via desfilar eram tanto uma questão de medicina geral quanto de medidas básicas de higiene e segurança: ferimentos relacionados à ausência de equipamento de proteção nos canteiros de obras, desnutrição infantil, dores abdominais e sangramentos urinários que anunciavam com frequência esquistossomose contraída por falta de água potável...

Até hoje, você ainda pensa naquela noite.

Você tinha terminado de preencher o prontuário médico da última paciente e o arquivava metodicamente em seu armário. Apreciava o relativo sossego do momento. A janela aberta enfim deixava filtrar um ar mais fresco por entre as tramas do mosquiteiro. Para além dos telhados das habitações vizinhas que a areia tornava monocromáticas, seu olhar deteve-se nas luzes do Cairo que você encimava. Elas o faziam se sentir numa dança, vagamente ritmada pelo eco do tráfego que o alcançava de longe. Você desligou o ventilador, fechou a janela, apagou as luzes da sala e se dirigiu para a porta. Quando girava a chave na fechadura, você teve um sobressalto ao perceber um movimento nas suas costas. Voltou-se de imediato e distinguiu uma forma humana saindo da sombra. Pela compleição franzina, primeiro você pensou que fosse uma menina, antes de compreender que era um rapaz de não mais de vinte anos.

Ele não dizia nada, mas seus olhos o fitavam. Naquele momento, você adotou uma rigidez desconfiada. Se não estivesse tão escuro, teria visto, porém, que não havia ameaça nem dominação naquele olhar.

— Posso ajudá-lo, meu rapaz?

Ele mordeu o lábio.

— É você o médico?

Sua voz baixa e firme contrastava com o físico adolescente. Você balançou a cabeça em concordância. A pressão tinha baixado. Deu lugar ao cansaço de um longo dia que chegava ao fim. Depois de ter se certificado de que a porta do dispensário estava bem fechada, você lhe informou que seu turno tinha terminado, mas que voltaria na semana seguinte. Lamentando a resposta, você se recompôs e lhe perguntou em que poderia ser útil.

— É a minha mãe... Acho que você deveria ir ver ela. Ela não sai. A gente mora um pouco mais pra baixo.

Na mão direita ele tinha algumas notas amassadas que estendeu a você. Nada em sua atitude parecia indicar que lhe pedia um favor. Parecia mais a proposta de um garoto acostumado a negociar. Sem se equiparar aos honorários que você cobrava na clínica de Dokki, a soma que ele lhe oferecia ultrapassava muito o que você poderia esperar de um morador do Mokattam. De início, você pensou se tratar de dinheiro roubado, como se fosse óbvio que uma cédula em mãos carentes só pudesse ter uma origem suspeita. Isso era uma idiotice. Provavelmente, tratava-se do fruto de meses de privação. Você esperava que ele não tivesse lido seus pensamentos, agradeceu, devolveu as notas e lhe indicou o caminho até seu carro.

"Um pouco mais pra baixo" era a uns bons quatro ou cinco quilômetros do dispensário e o trajeto alternava caminhos sinuosos e rotas no limite do praticável. Você tentou saber mais sobre o estado da mãe dele, em resposta ele se contentou em dizer que ela não era louca.

— Não, claro, ela não é louca — você murmurou a meia-voz.

No fundo, o que você sabia? Esperava que o futuro te desse razão. O rosto dele não dava indícios suplementares, ele exibia a expressão juvenil de quem não deseja se sobrecarregar de cortesia supérflua. O resto do trajeto foi uma sucessão de indicações concisas que você seguiu com atenção. Ele não procurava preencher o silêncio além do necessário; talvez você fizesse o mesmo na idade dele.

— É aqui — soltou enfim.

A casa parecia apartada de todas as moradias. Desigual, o muro principal deixava transparecer em alguns pontos a forma dos tijolos de barro que o compunham. Duas janelas de madeira de tamanhos diferentes eram emolduradas por sólidos caixilhos; talvez tenham pertencido originalmente a construções distintas. A segunda estava condenada e parecia ter como utilidade principal servir de fixador do varal estendido no pilar cravado mais adiante. Algumas roupas secavam ali, dançando desajeitadas na noite sob o efeito de um vento dispneico. Do interior da casa, uma voz de mulher assustou-se com o bater das portas do carro.

— Ali, é você?

— Sim, mamãe, estou trazendo uma visita — ele respondeu cruzando a porta.

— A essa hora? Você deveria ter me avisado — ela deslizou surdamente, levantando-se do leito onde estava deitada.

Havia tanta censura quanto interrogação em sua voz. Ela acalmou-se ao te divisar seguindo o filho dela, ajeitou o véu sobre os cabelos e apertou a sua mão.

— Seja bem-vindo à minha casa!

A casa em questão tinha dois andares. A porta da frente dava para o primeiro cômodo, onde uma cama ocupava a maior parte do espaço. Um segundo completava o térreo; Ali conduziu-o até lá e não lhe deu tempo de se apresentar.

— É um médico. Pedi que viesse te ver.

Ele conhecia perfeitamente o olhar de censura que viria a seguir.

— Não temos nem meios nem necessidade de consultar um médico — respondeu ela, seca, fitando o filho antes de se acalmar, voltando-se para você. — Além disso, este senhor está bem-vestido demais para trabalhar a uma hora dessas. O senhor não está com sede? Tenho um *karkade* que vem de Assuã, é excelente.

— Um *karkade* seria perfeito.

Ali logo compreendeu que a mãe não tinha nenhuma intenção de se deixar auscultar e que tentar convencê-la seria inútil. Sem deixar transparecer nada do esforço que lhe custava, ela se dirigiu para o fogareiro, pegou uma panela amassada que estava suspensa na parede e colocou água para ferver. Outros utensílios estavam pendurados em pregos, cravados ao acaso nos tijolos de barro que se divisavam sob a pintura descascada. Eles formavam uma coleção de coisas disparatadas e sem valor, que pareciam menos destinadas a suas funções originais do que a mascarar a privação do local. Dois ou três baldes de água empilhados, uma bacia de cerâmica virada, bastões de madeira de comprimentos diversos e, ao pé de uma escada, pesadas pedras escorando uma pilastra erguida para sustentar a viga central, em que, pressentia-se, era melhor não se apoiar. Embora a precariedade não tivesse nada de surpreendente, era a primeira vez que você a testemunhava de maneira tão íntima. A casa foi construída diretamente na terra, de modo que o solo absorvia de imediato as gotas de água que alguns movimentos bruscos da mulher involuntariamente tinham deixado cair do recipiente. Ali levantou-se para pegar a panela das mãos da mãe, mas ela o fez sentar-se de novo só com um olhar que não autorizava nenhuma insistência.

Ela perguntou se você estava com fome; você não estava com fome. Perguntou se gostaria de um prato de favas; você recusou educadamente. Desculpou-se por não ter outra coisa para oferecer; sem ter a chance de protestar novamente, você acabou sentado à mesa com um prato de *foul medammas* que exalava uma generosa fumaça branca. Fingiu não notar que ela servira menos ao filho que a você. E menos ainda a si mesma. A parede dela estava repleta de molduras que não pareciam alinhadas umas com as outras. Ela tinha pendurado também uma coleção de cafeteiras empilháveis, um espelho bem acima do fogão e numerosas prateleiras, uma das quais sustentava um leitor de fitas cassete. Colocou para tocar uma de Mohamed Mounir como música de fundo e se levantava a cada meia hora para virá-la e executar o outro lado. Ela aproveitava para dar uma espiada na capa azul em que o largo sorriso do cantor parecia não a deixar indiferente. Interrompia-se toda vez que começava sua canção preferida e se punha a bater palmas cantando "as janelas! as janelas!" assim que recomeçava o refrão. Às vezes batia a perna na mesa e fingia rir de sua falta de jeito. Ela devia ter quarenta anos, mas seu rosto era marcado e suas mãos eram as de uma mulher que sabia o que era esforço. Dirigia-se a você num tom maternal que a idade dela não justificava. Às vezes, repetia certas palavras que você acabara de pronunciar, não porque as ignorasse, antes porque lhe importava compreender o sentido que você lhes dava. Ela acolhia suas colocações com um interesse sincero; você parou de preencher suas frases com banalidades inúteis. Livre das conveniências, agora você tomava o tempo para responder, com o máximo de precisão possível, às perguntas dela. Essas com frequência o levavam de volta à infância, sem que você pudesse dizer se era um acaso ou se o assunto lhe interessava particularmente. Você a fez notar de repente que tinha passado a noite falando apenas de si e que não sabia praticamente nada dela. Ela esquivou-se sorrindo:

— É verdade que estou diante de um médico, sou eu que devo responder suas perguntas, normalmente! Mas olha, aliás, você não me disse: por que se tornou médico?

Você deu de ombros como se nunca tivesse pensado nisso, como se não tivesse sido realmente uma escolha, como se ela tivesse te pegado desprevenido. Isso desencadeou nela uma sonora risada, que logo se mostrou contagiante. Ela começou a dizer que não tinha problema, já que também não sabia por que você estava ali, diante dela, mas não conseguiu terminar a frase de tanto que ria. Então as risadas de vocês soaram mais altas. Você perguntou se Ali sabia o que faria mais tarde. Aos dezenove anos, parecia que ele jamais havia pensado que pudesse haver um mais tarde em que faria algo além do que fazia hoje.

— Acho que também gostaria de cuidar das pessoas.

— Ora essa! Um médico que não sabe por que se tornou um e outro que viria do Mokattam: estou bem arranjada!

Ela recomeçou a rir, mas você poderia jurar que esse riso era ligeiramente diferente, como se tentasse abafar o som de algo que se quebrava dentro dela. Ela tocou algumas vezes a fita cassete que se tornava familiar para você, em seguida te viu surpreendê-la ao camuflar um bocejo de cansaço...

— Minha consulta terminou, senhor médico-que-não-sabe-por-quê? — perguntou ela, fingindo preocupação.

Estendeu-lhe a mão, a palma virada para cima. Você fingiu tomar seu pulso.

— Sua consulta terminou — você respondeu com um sorriso.

— Que bom, não quero que sua mulher se preocupe com seu atraso.

Um véu de surpresa passou furtivamente por seu olhar. Você tinha passado a noite falando de si sem mencionar nenhuma vez a existência de Mira. Com a unha do polegar, tocou mecanicamente o anelar em que estava sua aliança. Ela esboçou um sorriso. Você fez um sinal para que ela não se levantasse e dirigiu-se à entrada.

Ali o acompanhou até o carro. A noite estava incrivelmente amena para novembro. De repente, na voz dele houve uma gravidade que contrastava com o sorriso que exibiu ao longo da noite, enquanto você conversava com a mãe dele.

— Ela estava bem essa noite... Quero dizer, ela não é assim o tempo todo.

— Movimentos bruscos?

— Sim, isso e outras coisas. Sua mão às vezes se mexe sozinha.

— Talvez não seja nada...

Você se sentiu culpado por ter mentido. Com certeza não era algo sem importância, mas naquele exato momento você gostaria de ter acreditado nisso. Talvez quisesse vê-lo sorrir pela última vez antes de partir. Você tentou compensar:

— ... voltarei na semana que vem, se quiser. Depois do meu plantão.

— Obrigado, doutor.

— Obrigado a vocês dois por essa noite.

Do lado de fora, você viu diminuir a luz que escapava das janelas. Ali tinha entrado para se juntar à mãe. Ele dormiria de frente para ela, no quarto principal.

Você ligou o carro e finalmente pegou o caminho de volta para casa. Um prato de escalope empanado e batatas doces o esperava na mesa da cozinha. Já estava tudo frio. Você o cobriu com cuidado, guardou-o na geladeira e subiu para tomar banho. Por mais que estivesse acostumado com os cheiros do Mokattam, com frequência, durante o plantão, você pensava nesse chuveiro onde acontecia a passagem entre os dois mundos. Você permaneceu imóvel por um bom tempo sob o jato de água fumegante, depois pegou um sabonete e o passou com movimentos enérgicos, como se precisasse remover do corpo qualquer vestígio das últimas horas. Houve um rangido característico da torneira interrompendo o fluxo de água. Você saiu do banheiro, levemente atordoado pelo calor. Mira estava deitada na cama meio desfeita. Mira-Semi-Adormecida. Ela tinha deixado a luz do seu lado acesa. Você deu um beijo em seu ombro, sem acordá-la, antes de puxar o lençol que deslizara ao lado dela. Apagou o abajur e se deitou perto dela.

10

Cairo, 1983

Sem entender por quê, você não falou de Ali e da mãe dele para Mira. Ela renunciara a si mesma para preparar sua refeição nas noites em que você trabalhava no dispensário e se limitava a dizer, meio divertida, meio resignada, que Mokattam era um péssimo nome para uma amante. Suspeitava, pelo cheiro persistente de lixo que grudava nas suas roupas, que você não passava as noites sendo infiel. Evitando manifestar explicitamente qualquer censura, ela apenas acompanhava as insinuações com um sorriso desenganado.

Tinha se tornado um hábito: cada plantão que você fazia na montanha era seguido por uma visita à casa de Ali e sua mãe. Esta dizia enfática "Meu médico chegou!" assim que o via sair do carro, deixando o aroma do prato que ela preparara cuidar da sua recepção. Entretanto, naquela noite de janeiro o cheiro habitual de comida não emanava da casa. Você bateu à porta e ouviu a voz de Ali gritando para você lá dentro:

— Não entra!
— Ali? O que está acontecendo?

— Não entra, estou dizendo!

— É a sua mãe? Como ela está?

Houve um silêncio. Você bateu uma última vez e decidiu abrir a porta. O que você viu te paralisou. Não era a primeira vez, porém, que testemunhava aquele tipo de cena, mas jamais tinha envolvido pessoas próximas a você. Ali tentava conter a mãe que parecia esgotada pelas convulsões violentas e incontroláveis. Ela dava gritos desarticulados e não parecia ter notado sua presença.

— Eu te disse para não entrar!

— Ali, o que está acontecendo?

— É você o médico, não? Você deveria saber!

Ele tinha o olhar toldado por uma violência que você não conhecia. Você se aproximou dela e protegeu seu corpo, que parecia não ser mais regido por nenhuma vontade humana, envolvendo-o com seu braço direito. Com um gesto, indicou a Ali para afastar os móveis, em seguida pegou uma almofada com a mão esquerda para apoiar a cabeça da mãe dele e evitar que se machucasse. Ela se acalmou aos poucos até conseguir se deitar. Sua falta de ar era evidente. Você enxugou o contorno da boca dela e deixou-a se entregar a um sono profundo.

Nenhuma palavra foi trocada entre vocês durante um longo tempo, como se fosse necessário preservar a qualquer preço o silêncio tão duramente adquirido. Vocês observaram o corpo dela se erguer a cada respiração, cativados pelo movimento regular semelhante ao da onda que sucede a tempestade. Você foi o primeiro a tomar a palavra:

— Quando isso acontecer, não tente imobilizá-la à força, é melhor...

Ele o interrompeu, abrupto:
— Mas pelo amor de Deus! O que é que ela tem?
— Ali...
— Você está vendo que ela não está bem. Você vem sempre aqui, está vendo! Por que não me diz nada?
Você não sabia explicar. Buscou longamente uma resposta.
— Ali, não sei ao certo qual é o problema da sua mãe. Quero dizer... pode ser várias coisas. Você sabe se outros membros da família já tiveram esse tipo de sintoma?
Ele baixou os olhos em sinal de aquiescência. Você respirou fundo.
— O que mais? A cabeça também? O pensamento lento ou perda de memória, por exemplo?
Ele o escutava fitando-o, como um condenado aguarda a sentença. Você não sabia que palavras usar e acabou deixando escapar:
— Há grandes chances de que não tenha cura... Quero dizer, se for o que estou pensando...
Ele permaneceu impassível, a mandíbula cerrada. Você não tinha certeza se ele entendera bem. Ele entendera bem. Talvez quisesses que você ficasse mais tempo, caso ela despertasse? Ele não se importava.
Nenhuma outra palavra veio perturbar a noite. Houve apenas o ruído dos pés de uma cadeira sendo arrastada para trás, o de uma porta sendo aberta e depois fechada, o de um motor sendo ligado e a ladainha das buzinas recitada por um Cairo que nunca dorme. Tal como você naquela noite.

***

Você não testemunhou nenhuma nova crise nas semanas seguintes. Vocês nunca abordavam aquela noite de janeiro e você acabaria se perguntando, muito tempo depois, se a mãe de Ali sequer conservara uma lembrança consciente daquilo. Você fazia de conta que não via as caretas e os tiques involuntários que ela manifestava cada vez mais. Por vezes ela esquecia alguns detalhes, mas rapidamente se recompunha e ria de suas próprias fraquezas. "A gente não rejuvenesce", dizia sempre, "se você tivesse me conhecido quando eu tinha a sua idade!". No entanto, nem dez anos te separavam dela.

Ali ainda estava trabalhando na cidade quando você chegou à casa deles naquela noite. Você se deu conta de que ignorava totalmente a profissão dele, talvez revendesse objetos recuperados em meio aos resíduos que eram reciclados no Mokattam. A mãe dele veio te receber, observando jovial que seu médico estava adiantado naquela noite. "Calhou bem: eu queria mesmo falar com você. Entre!" Ela ferveu água para o seu *kakarde* e sentou-se ao seu lado.

— Escute, não sou médica como você, não estudei, mas sei muito bem o que eu tenho. Quero dizer... não sei como se chama, mas vi meu pai e uma de suas irmãs passarem pela mesma coisa e logo não haverá mais nada a fazer. Não posso te dizer quanto tempo mais, talvez alguns meses, talvez alguns anos, mas, em todo caso, não muito. Isso não me assusta, sabe. A morte não me assusta. Nem mesmo as mulheres, lá no alto da montanha, que me chamam de louca porque não controlo mais meus gestos, porque não consigo mais carregar água sem a derramar sobre mim, isso não me incomoda. Se isso não magoasse Ali, juro que nem perderia tempo respondendo a elas. Todos nós viemos ao mundo para morrer um dia e, talvez, antes disso, fazer algumas coisas bonitas. *Maktub*, está escrito. Mas como vê, esse é o problema. Ah! Não para mim: fiz o que precisava fazer. Não sei se fiz muito, digamos que fiz o meu melhor. E, acima de tudo, fiz Ali. Porque, entende, é dele que se trata. É um bom rapaz, os outros nem sempre veem isso, mas é um bom rapaz. É honesto, você o conhece um pouco. Ele te admira muito, gostaria de ser médico como você. Que Alá o perdoe, não se vira médico quando se nasce no meio do lixo do Mokattam! Não, não me interrompa...

Ela pareceu procurar as palavras antes de continuar com uma voz um pouco mais grave:

— Sei que é ridículo e que ele nunca será médico, mas pensei que talvez pudesse te ajudar; você poderia lhe mostrar as coisas. Você dá injeções, não? Aí está, ele poderia aprender a dar injeções... Não sei dessas coisas. Espere, deixe-me terminar... Sei que você já faz muito por nós e nem sei por que o faz, a não ser pelo seu coração puro, bendito sejam seus pais, mas te peço como um favor. Não quero que você lhe pague, Tarek, o que ele vai aprender já será uma grande riqueza, tenho certeza. Ele precisa fazer alguma coisa com a cabeça, é importante. Você compreende o que eu quero dizer? Logo ela estará repleta de coisas difíceis que ele terá que fazer pela mãe.

Ela falou de uma só vez, sem baixar os olhos. Neles você lia o orgulho ferido de quem não tem o hábito de pedir ajuda. Você a conhecia há vários meses, mas era a primeira vez que ela se dirigia a você com tamanha seriedade. A angústia dela era sincera, e o favor que lhe pedia, muito pequeno. Você concordou em deixar Ali te acompanhar nos plantões no Mokattam. Ela te abraçou com a mesma força que você descobriu nela durante a crise. Preso nesse abraço, você não conseguia ver o rosto dela, mas poderia jurar que chorava.

— Prometa-me que tomará conta dele quando eu não estiver mais aqui.

Você prometeu.

***

Vocês estavam à mesa, diante de um prato ainda fumegante de inhame cozido que ela havia refogado com tomate e coentro. Falavam do presidente Mubarak, que ela achava menos bonito que Nasser. ("São todos menos bonitos que Nasser!", ela cortou, categórica.) Vocês assistiam distraidamente a uma pequena televisão, que filtrava aos solavancos as imagens resgatadas de uma transmissão ruim. Quando um jovem aparecia na tela, você não deixava de lhe perguntar se ele era mais bonito que Nasser, mas ela permanecia firme em suas posições. Ali voltou mais tarde que de costume naquela noite; provavelmente ela tinha lhe pedido para deixá-los juntos por alguns instantes. Ele os flagrou rindo ao abrir a grande porta. Quando entrou, você disse, animado, à mãe dele:

— E ele, tia, é mais bonito que Nasser?

Ela fingiu considerar seriamente a pergunta mirando longamente o filho, como se descobrisse naquele instante a delicadeza do traço de suas sobrancelhas ou os contornos marcados de sua boca grená, em seguida assumiu um tom solene:

— Ele talvez seja a única exceção!

— Mais bonito que Nasser quando ele era um jovem oficial? — você insistiu.

— Meu filho é mais bonito do que Nasser jamais foi, que Alá o tenha, de seu primeiro prato de favas até o último suspiro! Você teria coragem de dizer o contrário? — ela perguntou, com uma mão erguida e um ar falsamente ofendido.

A pergunta o pegou de surpresa. Você virou a cabeça na direção dele e ele imitou a expressão afetada dos atores nos cartazes de cinema. Sob seu ar desenvolto, havia uma certa graça nos traços que a adolescência se recusava a abandonar.

— Seu filho é muito bonito — você respondeu.

— É normal: quando faço alguma coisa, faço bem. Aliás, você vai querer sobremesa?

Ela fingiu ser indiferente ao elogio, mas seu rosto era sulcado por rugas precoces demais para que uma emoção ali se instalasse sem se trair. Naquele exato momento, era justamente orgulho o que se lia entre as linhas de sua fronte. Havia alguns minutos que um aroma de leite quente e canela invadira a sala. Ela abriu a porta do forno e retirou um prato que colocou teatralmente sobre a mesa.

— Minha especialidade!

Você caiu na gargalhada ao descobrir que se tratava da sobremesa chamada *Om Ali*, literalmente "mãe de Ali". Esses momentos tinham a suavidade da última lenha lançada ao fogo, cada um se maravilhando com o calor que dela emana enquanto afasta dos pensamentos o momento em que ela se apagará. Por fim, você propôs a Ali que o ajudasse no seu próximo procedimento no dispensário do Mokattam.

— Mas não sei fazer nada — ele protestou.

— Vai aprender. Você queria saber como curar as pessoas, é preciso começar de algum lugar.

Ali continuava desconcertado. Sua mãe fingiu que ouvia a proposta pela primeira vez. Ela virou-se para você e não se importou com a opinião do filho ao aceitar no lugar dele:

— Combinado, Tarek, mas nem um tostão, hein! Você ensina, ele te ajuda, vocês estão quites: não precisa pagar...

Depois, voltando-se para o filho:

— ... e você, agradeça em vez de ficar aí parado!

11

Ali o ajudava durante os plantões no Mokattam e em seguida você o acompanhava até em casa, onde vocês passavam o restante da noite com a mãe dele. Ele chegava ao dispensário meia hora antes de você para identificar os casos prioritários na fila que se formava. Estes eram conduzidos a uma sala de espera, onde podiam se sentar enquanto aguardavam a vez. Ali aprendia rápido. Tinha a mão ágil e era raro que você precisasse demonstrar um movimento mais de uma vez para que ele o reproduzisse corretamente. Ele tomava o pulso, media o peso, a temperatura. Tinha a intenção de fazer bem. Nunca parecia se incomodar com algum odor ou com a visão de uma ferida. Você se surpreendia ao dar os mesmos conselhos e explicações de seu pai quando ele lhe ensinava a profissão. Por vezes, você se pegava reproduzindo até a entonação dele, como se, por seu intermédio, ele se recusasse a não mais existir.

Ao cabo de alguns meses, a ideia de que Ali o acompanhasse ao consultório de Dokki acabou se impondo. Assim como você refinara o aprendizado acompanhando seu pai, no local Ali certamente teria a oportunidade de descobrir a profissão em boas condições. Isso poderia ser feito uma vez por semana, no dia anterior ao plantão no Mokattam. Você não se recordava de ter visto Ali sorrir tanto quanto no momento em que lhe fez essa proposta.

— Com clientes de verdade?

— Dizemos "pacientes", Ali. E os de Mokattam também são pacientes *de verdade*, sabe. Quando vejo o quanto eles esperam, acho que são mais "pacientes" que qualquer um!

— Não, você entendeu, pacientes que pagam, ora.

Ele tinha o olhar de um jovem exasperado por ser corrigido na forma por alguém que entendeu perfeitamente o conteúdo. Você se sentiu um pouco mal por ter alterado desnecessariamente o sorriso dele.

— E por que é importante que paguem?

— Ah, se pagam é porque têm escolha. E se te escolhem é porque você é bom... E se você está me pedindo para te acompanhar, é porque acha que eu também sou bom o suficiente.

Ele pareceu hesitar antes de proferir a última frase. Como se tivesse medo de ser ridículo, de interpretar mal a sua proposta. Ele se expressou com uma voz incomumente insegura, o olhar fingindo demorar-se em algum detalhe do chão. Você se viu outra vez no consultório do seu pai, procurando em seus gestos anódinos o elogio que a boca não pronunciava. Era evidente que Ali tinha talento, como ele podia duvidar? Você gostaria de lhe dizer, mas não sabia como. Mudou de assunto.

— É claro, se você tirar um dia de folga do trabalho para vir ao consultório, vou providenciar um salário.

Você ainda não sabia qual era a profissão dele, mas deduzira por sua rotina flexível que ele provavelmente não tinha um patrão impondo horários específicos.

— Mas Tarek, a gente tinha combinado...
Sabendo o que ele estava prestes a dizer, você o interrompeu:
— O que combinamos com a sua mãe valia para o Mokattam. Se você vier trabalhar no consultório, está fora de cogitação que faça isso sem compensação. E, além disso, se eu te pago é porque você é bom, Ali. Certo?

12

Cairo, 1983

Você nunca o tinha visto assim. Camisa engomada, abotoaduras e cabelos domados pela brilhantina, você quase não reconheceu o jovem do Mokattam. Mais do que sua vestimenta, foi sua desenvoltura que o surpreendeu.

— Se uma moça marcou um encontro com você na Ópera Khedivial, ela está te enganando: ainda não a reconstruíram!

Ele respondeu com um sorriso soberbo e impermeável ao seu sarcasmo.

— Gostou? — perguntou ele.
— Quer dizer, é um pouco...
— Um pouco?
— Um pouco... demais. Você vai passar o dia todo com jaleco branco, sabia?

Você pronunciou essas palavras com cuidado, como se temesse que ele se sentisse ridículo. Você não respondeu à pergunta dele; ele não a fez novamente.

***

O dia chegava ao fim. A recepcionista tinha encerrado o expediente e restavam apenas vocês dois na clínica. Você terminava de preencher alguns documentos administrativos enquanto Ali arrumava o material na sala contígua. Você reconheceu o homem que acabara de abrir a porta sem bater.

— Omar *bey*! Que bons ventos o trazem?

— Boa noite, *ya doctur*, estou contente em vê-lo aqui, fiquei com medo de que tivesse ido embora.

Não era um homem, eram décadas de excessos, exaltações e tabaco que faziam sua entrada com estrondo. Velho amigo da família, ele fizera fortuna no comércio de algodão, em que era tão temido quanto respeitado. Você conhecia desde a infância o pigarro que lhe servia de voz, um som áspero e velado em que cada sílaba pronunciada parecia se debater, soterrada em escombros guturais que nunca nada limpava. Os efeitos da idade inflamavam cada expressão de seu rosto; quando assumiu um ar grave, você se lembrou do temor que ele lhe inspirava nos primeiros anos.

— Tarek, gostaria de te falar sobre um assunto importante, mas deve ficar entre nós, está ouvindo?

Você respondeu com um respeitoso abaixar dos olhos. Ele continuou:

— Você sabe como amo Dahlya, que Deus abençoe nossos trinta e dois anos de casamento...

— Aconteceu algo com ela? — você logo se preocupou.

Ele descartou sua pergunta com a expressão carrancuda de um homem que não deve ser interrompido e prosseguiu:

— Bom, trinta e dois anos que eu a satisfaço sem que haja nada a reclamar. Graças a Deus, a inteligência e o vigor de nossos três filhos são a prova disso. Bem, eles herdaram seu temperamento do cão, mas vê-se bem que não foram concebidos durante um concerto de *kanun*!

Você não conseguia ver aonde ele queria chegar, mas evitou interrompê-lo mais uma vez.

— Ora — continuou em voz baixa —, acontece que há algum tempo... não vem.

— Não vem?

— Isso, não vem.

Ele parecia irritado por não ser compreendido e você o imaginava perdendo a paciência diante de algum operário que interpretou mal as ordens durante uma inspeção de suas manufaturas de algodão.

— Não vem, estamos os dois ali, na cama, e não vem!

— Você quer dizer que ela não quer?

— Mas é claro que sim, ela quer! Se você soubesse... palavra de honra, ela é gulosa e não é só de *lokoum*! Gostaria de apresentá-la ao primeiro que disser que o apetite arrefece com a idade. Não, sou eu, Tarek, é de mim que não vem...

— Você não tem ereção?

— Ah, é mesmo coisa de médico colocar palavras terríveis em tudo! Sim, se quiser, é como você diz... Então, o que acha? É grave?

Você estava prestes a lhe responder quando Ali os interrompeu para dizer que havia terminado. Você agradeceu-lhe de longe, mas ele deu alguns passos na sua direção para lhe oferecer um chá antes de ir embora. O rosto do velho começou a empalidecer. Algumas sílabas ininteligíveis acompanharam seu gesto nervoso de recusa.

— Gentileza sua, Ali, mas você não deveria nos interromper. Vá para casa. Nós nos encontraremos amanhã à noite no dispensário.

O final da sua frase foi abafado pelo grito estridente de uma cadeira sendo arrastada. Omar agora estava de pé, recolhendo os pertences em ostensiva agitação.

— Quer saber a verdade, Tarek? Vim vê-lo para receber conselhos como os de seu pai antes de você, mas foi um erro! Um erro, você está me ouvindo? Ele jamais teria aceitado uma coisa dessa!

Você ficou perplexo diante de tamanha exaltação. Tentou argumentar com ele, mas de nada adiantou. Ele respondeu às suas desculpas batendo a porta. Ali parecia surpreendentemente insensível à tempestade que acabara de desencadear.

— Não entendo o que deu nele... Vou ligar para ele amanhã, quando estará mais calmo. Ele estava falando sobre um assunto sensível. Você deveria ter sido mais discreto, sabe?

— Ah, está bem, dá para ver muito bem que ele não tem nada! — ele se exaltou.

— O que você quer dizer?

— Ele não tem problema nenhum e se deu conta disso, então ficou nervoso, só isso!

Embora não tenha feito nada realmente censurável, você ficou surpreso com a desenvoltura com que Ali encarava a situação. Ele não parecia se dar conta das consequências que isso poderia acarretar à sua reputação. Você privilegiou, no entanto, a pedagogia à irritação:

— Ali, ser médico é, acima de tudo, saber escutar as pessoas. Os sintomas físicos às vezes revelam os males mais profundos de um paciente, não se deve tirar conclusões precipitadas assim...

— Eu sei o que estou dizendo, nós nos conhecemos.

— Vocês se conhecem? — você continuou, incrédulo diante da ideia de um ricaço da indústria têxtil interagir com um garoto do Mokattam.

— Sim, eu o conheço, ele me conhece, nós nos conhecemos. É um cliente.

— Um cliente?

— Sim. Enfim, digamos que da última vez que nos vimos, ele não estava de fato sofrendo do que falava. Não sou um médico brilhante como você, mas acho que o remédio que lhe convém não se encontra nas prateleiras de uma farmácia.

Você encarou Ali sem conseguir proferir uma palavra. Se você tentava se convencer de que se tratava de uma piada, o rosto dele não deixava margem a dúvidas. Ele exibia um sorriso satisfeito diante do impacto que sua revelação produzia.

— Quer dizer que você... e ele...?

Ele fez uma careta falsamente indignada.

— Você acha que está na única profissão em que as pessoas aceitam ser examinadas?

Você não pôde mais conter o riso. A imagem daquele magnata do algodão, temido no país inteiro e surpreendido por seu amante no momento de evocar seus problemas de impotência, era mais saborosa que todos os *nokats* egípcios que já tinham te contado!

13

Pela pressa com que arrumava o material, você via muito bem que Ali estava cada vez mais impaciente para voltar para casa quando terminavam os plantões. Na verdade, você compartilhava das mesmas preocupações e não era necessário falar com ele para determinar a causa.

Rapidamente você desistiu de pedir à mãe dele para não cozinhar: era perda de tempo. Ela insistia em recebê-lo da maneira adequada e julgava o êxito de uma noite apenas pelo número de vezes que você concordava em repetir. "No Said é assim", ela repetia sempre, ao mesmo tempo que se excluía da própria injunção quando você lhe estendia o prato. Ela colocava então a mão direita na garganta para te fazer entender que era difícil engolir e você não insistia. Ela empregava artifícios para mascarar a progressão da doença, mas sua marca se revelava no véu que não conseguia mais amarrar sozinha ou nos estilhaços mal varridos de um prato que escapava ao chão. Não saía mais de casa, privando as más línguas do Mokattam de suas mesquinharias quando julgavam ser embriaguez seu andar cambaleante e sua fala lenta. Ali irritava-se quando vocês iam à casa dele depois do plantão e um prato, que provavelmente exigira de sua mãe horas de preparação, cozinhava em fogo brando.

*

— *Yammay*, o que você preparou para nós agora? Você prometeu descansar!

— Não diga bobagens... No dia em que você me ouvir prometer uma estupidez dessa, pode começar a se preocupar comigo!

Ela resmungava baixinho, fingindo falar apenas consigo mesma. O ritmo tinha desacelerado e as palavras às vezes custavam a sair, mas ela não perdera em nada sua eloquência. Ela pousava os lábios na fronte de Ali. Ele fazia a careta exasperada do adolescente que se constrange com demonstrações públicas de afeto materno, depois as aceitava de bom grado. Ela prosseguia, os olhos cravados nos do filho:

— A única coisa que estou disposta a prometer é nunca deixar de te amar. Aliás, por falar nisso, você vai aprender que as mulheres sempre cumprem suas promessas, é por isso que não dão a palavra à toa. Não é como vocês, homens: vocês seriam capazes de dizer qualquer coisa para se safar! Bem, menos ele talvez, no máximo, este aí me parece ser um homem de palavra. Ela apontou para você com o queixo antes de se interromper: Vamos, vamos, pra mesa, vai esfriar.

Por mais que pronunciasse essas palavras num tom brincalhão, você sabia, assim como ela, a que promessa se referia: o compromisso que você assumira de proteger o filho dela se ela morresse. Você se perguntava onde esse corpo emagrecido tinha tirado forças para preparar pombos recheados com trigo verde. Sua memória às vezes falhava, mas ela nunca esquecia as receitas do Alto Egito. Havia preparado para vocês uma refeição de festa, uma festa falsamente alegre, pela qual se pressente que não haverá muitas outras. Ela quase não tocava na sua porção, alegando que sempre comia muito enquanto cozinhava. Não tinha mais o corpo de uma mulher que come demais.

＊＊

Ela perdia peso e às vezes a memória. Uma manhã, ao despertar, teve um movimento de espanto ao descobrir um jovem no cômodo. Ele perguntou-lhe se estava tudo bem. Ela ficou estupefata, mais por surpresa que por preocupação, pois essa presença estranha não tinha nada de ameaçadora. Ele se aproximou, passou a mão nas costas dela e perguntou se ela o reconhecia. Ali não precisou terminar a pergunta para que ela compreendesse seu significado. Ela respondeu com um movimento negativo da cabeça. Não, não o reconhecia. Percebendo a angústia que sua resposta acabava de provocar nos olhos do jovem interlocutor, ela foi tomada por compaixão e o abraçou instintivamente, um pouco como uma mãe toma um filho nos braços para consolá-lo.

14

Quinze, talvez vinte. Vocês não eram mais do que isso a acompanhar o corpo inerte da mãe de Ali em seu passeio derradeiro. O sol secava a terra com sua implacável indiferença. "Não há Deus senão Deus e Muhammad é seu profeta." A poeira dos passos arrastados formava uma nuvem densa que se imprimia nas peles úmidas. "Não há Deus senão Deus..." Ali estava entre os quatro carregadores que levavam o caixão. Você não conhecia os outros três. No rosto dele, barbeado rente, gotas de suor reluziam; elas percorriam o pescoço dele seguindo a jugular. Ele não deixava transparecer nenhuma emoção, mas, por trás de cada deglutição, você pensava descobrir a garganta dele cerrada pela tristeza. Ou então pela areia. O Cairo deixava ouvir ao longe seu alarido impenitente. Aqui o silêncio, lá o barulho. Lá a vida, aqui o além. Diante da agitação de milhões de indivíduos, qual é o peso do recolhimento de vinte pessoas? Vinte, talvez quinze.

Diz a crença que a alma da falecida permanece junto aos homens durante quarenta dias. Entretanto, fazia alguns meses que ela parecia ter se dissociado do corpo prematuramente gasto. Ali erguia o que restava do invólucro carnal daquela que o havia carregado no ventre; o esforço inflava as veias de sua fronte. Vocês não trocaram uma palavra durante a cerimônia.

Diversas vezes você tentou encontrar o olhar dele, que nada prendia. Ele deslizava sobre as coisas como a transpiração ao longo de suas têmporas. Quando tudo terminou, você se ofereceu para levá-lo para casa. O sol se punha. Ele assentiu com a cabeça. O som abafado de seus passos, que evitavam levantar a poeira, o acompanhou até o carro. Ao abrir a porta, um cheiro de couro quente escapou. Ali não dizia nada. Você girou a chave. O ronco do motor acompanhou a fita cassete que retomou a música do ponto em que havia parado. O barulho repentino te fez estremecer; você desligou o som. Ali não reagia. Com a fronte apoiada no vidro da porta, ele lhe oferecia a visão das costas úmidas. A camisa estava colada às omoplatas salientes. Você queria penetrar o silêncio dele, adivinhar as palavras que poderiam acalmá-lo. Em alguns momentos ele parecia dormir, o corpo abandonado aos solavancos de uma estrada irregular. Em outros parecia chorar, o soluço estrangulado pelo pudor. Você se zangava com aquelas buzinas absurdas que te impediam de escutar o silêncio dele. O visor indicava dezenove horas e doze minutos com seus algarismos em bastões verdes luminosos de ângulos suspeitos. À medida que subiam o Mokattam, você via ao longe as colunas compactas de carros que se derramavam com esforço pelas artérias do Cairo. À direita as luzes vermelhas, à esquerda as brancas. Quando você era pequeno, seu pai dizia que a posição dos carros numa ou noutra fila devia-se à cor dos faróis. Você ficava fascinado com essa regra de trânsito que produzia efeitos noturnos tão belos. Sem contar que não conhecia nenhuma outra que fosse respeitada a tal ponto pelos motoristas cairotas. Quantos anos você tinha quando enfim compreendeu que os faróis de todo veículo eram brancos na frente e vermelhos atrás, que a luz que você distinguia correspondia apenas ao sentido de cada via segundo o ângulo pelo qual a olhava? Por qual razão a mente guarda esse tipo de detalhe?

Você se aproximava da casa de Ali. Estacionou o carro diante da casa, naquele local que a escuridão teria dissimulado se você não conhecesse. Como ele não reagiu ao desligar do motor, você tirou a mão direita do câmbio, que parara de tremer, para pousá-la sobre o ombro dele. Tua boca aproximou-se do ouvido dele para lhe murmurar que vocês haviam chegado. Ele se virou; seus olhos estavam bem abertos. Você não recuou. Um sopro, de início. Depois um calor suave. Os lábios dele pousaram nos teus. Ou foi o contrário. Afinal, como eu poderia saber?

15

Um sistema simples e ordenado pode se revelar perfeitamente imprevisível. Simples no sentido de que poucas variáveis o governam. Ordenado porque está sujeito a ações estritamente conhecidas e isentas de acaso. Por isso mesmo, impossível de prever. Na física, esse paradoxo se chama "caos determinístico".

Sua vida era constituída por círculos concêntricos cujos nomes eram casa, comunidade e país. Simples. A casa esperava que você dirigisse a família e assegurasse a perpetuação dela. A comunidade lhe concedia o status de seu pai contra a ilusão de que ainda tinha um futuro. O país, na busca obsessiva por estabilidade, pedia que cada um exaltasse a moral e a tradição. Ordenado. E daí, entretanto, o caos.

Ao que parece, nenhuma mudança no funcionamento da sua existência: as engrenagens prosseguiam na imperturbável rotação, ainda produziam o tique-taque familiar que fazia adormecer a vigilância dos seus entes queridos. Mas a mecânica desse sistema bem estabelecido, simples e ordenado, tinha pura e simplesmente começado a gerar o caos. Ainda que não tivesse plena consciência, você pelo menos tinha a intuição. Sabia por instinto que era preciso calar as dúvidas de que era alvo e a perturbação que as havia gerado. Você era aquela criança que aproveitava um lapso de atenção para abrir uma caixa de fósforos. Ela não sabe, nesse exato momento, o incêndio que eles provocarão, apenas pressente a remota possibilidade.

Ali tinha conquistado um lugar no sistema. Você fingia não ver que ele era um intruso na casa, no seio de uma família à qual se integra apenas pelo nascimento ou casamento. Que ele continuava a ser um impostor para aquela comunidade com a qual não compartilhava nem a religião nem a situação social. Que sua existência livre era vista como uma ameaça aos bons costumes de seu país.

Disso resultava um desequilíbrio entre vocês que minimizava a realidade. Talvez você até gostasse disso. Essa moldura que a sociedade lhes havia imposto não era gratificante para você? Você transmitia a Ali tudo o que te ensinaram sobre a medicina. Era aquele que sabia, que tinha, que dava. Colocava seus conhecimentos ao alcance desse outro que jamais poderia ter aspirado a isso. Ele precisava mais de você do que o contrário, era uma evidência inútil de ressaltar. Aliás, você se esforçava para que essa assimetria não fosse devolvida quando vocês estavam na presença um do outro. Ao contrário da sua mãe, quando "fazia o bem" (expressão elíptica que tinha a vantagem de deixar ao interlocutor o trabalho de imaginar o alcance de sua generosidade), você não tentava tirar disso nenhuma glória particular. Pelo contrário, era preciso que as aparências fossem preservadas, que o sistema parecesse inalterado. Simples e ordenado.

Mas com um gesto, o caos. Aquele beijo trocado na véspera. Você via nele a marca de afeição de um garoto desorientado pela morte da mãe, uma tentativa desajeitada de demonstrar o seu apego, de expressar uma necessidade de conforto. Mas será que poderia ser algo além disso?

Você não sabia muito sobre a homossexualidade. Para alguns era motivo de piada, para outros uma perversão vinda do Ocidente, mas raramente um tema de discussão. Houve um paciente que veio lhe pedir conselhos há alguns anos e a quem você não fora de grande ajuda. Você se contentou em garantir que não o denunciaria. De resto, esse assunto estava tão ausente da sua vida social quanto do Código Penal egípcio. Certamente acontecia de prenderem alguém por libertinagem, mas você teria dificuldade de nomear um homossexual no seu círculo. Talvez não houvesse nenhum. Você se perguntou se deveria incluir o velho Omar nessa categoria e de imediato soltou uma gargalhada. Inimaginável, é claro! Ele era casado. O fato de ir para a cama com um prostituto era mais uma prova do início da senilidade.

Entretanto, essa visão instalava em você uma espécie de mal-estar. Imaginar Omar com Ali. O corpo gasto do primeiro pagando pelo vigor do segundo. Que preço poderia justificar a imposição de sua decadência a um jovem como Ali?

Ali te fascinava. Havia nele uma liberdade absoluta, uma ausência de cálculo, uma exaltação do presente. Não estava vinculado a nenhum passado e não concebia o futuro por meio das mesmas limitações que você. Ele se contentava em viver e você às vezes se surpreendia esperando que viver fosse contagioso. Tentava representar mentalmente o garoto que era na idade dele, mas as imagens que surgiam não tinham brilho. Você repensava as escolhas por meio das quais tinha se construído e um pensamento obsessivo se insinuava: o de ter sido metodicamente despojado de cada uma delas. Por seus pais, por condicionamento social, por raciocínios preestabelecidos, por senso de dever, por atavismo, por hábito, por covardia, como se sempre tivesse havido uma boa razão para não decidir. Será que inconscientemente você acreditou que se aliviava do peso de cada decisão se esquivando delas? E qual foi o resultado? Você conservava nem que fosse um sopro daquela infinita leveza que parecia inflar os pulmões de Ali cada vez que ele respirava?

Será que ele gostava de você?

Na véspera, no carro, ao sentir os lábios dele nos seus, você se surpreendeu com a suavidade dele. Talvez ficasse aliviado se tivesse experimentado uma repulsa instintiva, mas não houve nada disso. Você gostou do sabor levemente salgado. Sua frequência cardíaca acelerou. Você voltava a ser aquele adolescente que descobriu o álcool com o incentivo de um colega mais imprudente.

Você pensou de novo no primeiro beijo trocado com Mira. Aquele esperado em vão quando você saía da adolescência. Aquele que você enfim conseguiu sob o alpendre da casa dela, catorze anos mais tarde. Ela não foi a primeira menina que você beijou e, no entanto, quando suas bocas se aproximaram, você sentiu um arrepio te percorrer. O desejo, a ansiedade, o aroma do perfume aplicado atrás da orelha dela, o gosto de batom. Como ela não se esquivou do seu abraço, você recobrou a confiança: "Quando te levo para casa, sempre me pergunto quantos anos levará para te ver de novo, então...". Contra seus lábios, os dela se estenderam num sorriso divertido.

Com ela, foi sedução. Com ele, surpresa. Você lamentou a associação de ideias pela qual acabava de aproximar aqueles dois beijos. Era uma idiotice. Mira era a mulher da sua vida, aquela com quem você envelheceria depois de pôr no mundo filhos que se pareceriam com vocês. Ela soube conquistar seu coração e o respeito de sua mãe; o relacionamento de vocês parecia uma evidência aos olhos de todos. Mira-Cheia-de-Graça. Você se sentiu mal por ter posto no mesmo plano seu desvio de conduta da véspera. Iria comprar flores para ela antes de subir para seus aposentos nesta noite.

16

Você achou que ele não voltaria para o trabalho no dia seguinte, mas, de fato, ele apareceu. Foi pontual, aplicado; nenhuma emoção transparecia em sua atitude. Era difícil acreditar que tinha enterrado a mãe na véspera. E também que vocês tinham se beijado. Você espreitava com apreensão um sinal de cumplicidade ou incômodo, um olhar, uma insinuação da parte dele ao que tinha acontecido. Em vão. No fim do dia, você decidiu tocar no assunto:

— Olha, sobre ontem...
— Sim, eu queria falar sobre isso. Agora que minha mãe morreu, você não deve se sentir na obrigação de me manter na clínica.
— Por que diz isso?
— As promessas são feitas para os vivos, não para os mortos. Você cumpriu a sua. Se quiser que eu vá embora, não tem problema nenhum.
— Claro que não. De jeito nenhum... E, além do mais, eu não estava falando disso, quero dizer, sobre ontem, quando a gente...
— Se beijou?
— Sim, isso. Se beijou.
— E daí?

— E daí que você age como se não fosse nada, eu não queria que você achasse que...

— Eu não acho nada. Estou acostumado a não reconhecer os homens que beijei na véspera.

Não havia agressividade em sua voz. No máximo uma pontinha de desafio. Ele pronunciou essas palavras num tom calmo e tranquilo, arrumando suas coisas, sem apressar nenhum gesto. Despediu-se com o mesmo sorriso indiferente de sempre.

***

Você nunca se perfumava antes de ir ao Mokattam para não incomodar os pacientes e, sobretudo, porque essa vaidade era bastante fútil para o local aonde você ia. Naquela noite, você se viu liberando a água de colônia do frasco com algumas pressões furtivas. O dia que se seguiu à conversa de vocês lhe pareceu interminável. As últimas palavras trocadas com Ali mobilizavam sua mente. Você não queria se tornar um daqueles homens de quem ele falava sem afeto. Você pensou nisso de novo na estrada.

Na montanha, todos sabiam que Ali tinha perdido a mãe. Entretanto, poucos se davam ao trabalho de demonstrar tristeza por uma mulher da qual nunca esconderam o desprezo que inspirava. Os outros lhe davam os pêsames, às vezes na esperança de avançar alguns metros na fila de espera da qual ele se encarregava. Ele respondia com um aceno de cabeça educado que não dava espaço para a manobra deles.

Quando você chegou, alguns pacientes descontentes com o lugar que lhes fora atribuído aproximaram-se de você para tentar um último recurso. Como sempre, você respondeu que deixava isso para a apreciação do seu assistente. Eles voltaram para a fila resmungando baixinho enquanto você cumprimentava Ali antes de entrar no dispensário. Quando a noite caísse, e os doentes e sofredores tivessem recebido os cuidados rudimentares que você viera lhes dispensar, você lhe ofereceria uma carona como de costume. Será que ele aceitaria, agora que você não tinha mais a desculpa de visitar a mãe dele? Você estacionaria o carro no mesmo lugar da antevéspera. E depois?

Ele ficou surpreso com falsa ingenuidade por você ter se perfumado. Você se sentiu um pouco ridículo, balbuciou uma desculpa para justificar seu cuidado incomum. Ele saiu sem apressar o passo, uma covinha maliciosa desenhada na bochecha. Você se sentiu culpado pelos pensamentos que ele adivinhava, pelas projeções que fazia sobre ele enquanto ainda estava de luto. Você se lembrava da mãe dele, a quem tinha jurado cuidar do filho depois da morte dela. O que restava de suas promessas? Ali alegou na véspera que elas só envolviam os vivos. Você lançou um olhar pela janela: ele acendia um cigarro, encostado no seu carro.

Não cabe a mim contar o que aconteceu naquela noite. Nunca estarei ao lado daqueles que o julgarão, mas não tento mais imaginar. Isso pertence a vocês, ponto-final. Limito-me a adivinhar a sua obsessão nos dias que se seguiram.
 A água infiltra-se insidiosa no tijolo de barro. Observamos com fascínio a primeira gota que, em alguns segundos, vai manchar a matéria à medida que esta a absorve. É então uma poça

inteira que toma o mesmo caminho de capilaridade. O material se embebe de água a ponto de começar a mostrar sinais de fraqueza. Quanto tempo é preciso para que a construção inteira esteja em perigo? Você não tentava pôr em palavras o efeito que Ali produzia em você. Para que descrever a esperança atormentada em que a visão de sua nuca te mergulhava, o frêmito repentino ao contato com seu calor, o tormento interno que antecedia cada uma de suas palavras, a incerteza do dia seguinte, a inquietação com a ideia de que tudo cessa bruscamente?

17

Alho. Dentes de alho finamente picados. De suas mãos recém-manicuradas, a repetição de um gesto seco e nervoso para chegar ao fim. Alho e cebola. Era menos pelo sabor que pelo odor. Alho e cebola em fogo brando. Ela vestira um avental para não manchar a camisa branca que você lhe dera de presente. Um fogo lento, um fogo paciente. Aquilo tinha que recender, que preencher o ar de cada andar da casa. Ela notou um risco em uma das unhas e isso a incomodou. Alho e cebola cortados em pedaços, lançados às chamas, esvaziando-se de sua água até serem apenas uma versão reduzida de si mesmos. Murcha, desidratada.

    Do consultório, você sentia os eflúvios da refeição que Mira preparava. Ao te ouvir subir, ela teve o reflexo de ocultar a unha com o esmalte marcado. Você a avisou para não te esperar para comer. Deu-lhe uma explicação que te parecia plausível: saber agora do aniversário de Ali e se sentir na obrigação de não o deixar só nessa ocasião, já que a mãe dele acabara de falecer, algumas semanas antes... Ela dispensaria suas justificativas. Você poderia simplesmente ter dito que se ausentaria, sem pretexto, sem parecer culpado, sem mencionar esse nome. Ela não precisaria te dar autorização e teria poupado um sorriso seu ao recebê-la. Ela teria preferido; não deixou transparecer nada. Você estava prestes a descer quando se voltou, acanhado:

— Ah, a propósito... você gostaria de vir?

— Divirtam-se.

Mira-Lacônica. Ela não te olhou ao soltar a resposta que você esperava por dentro. Você não tinha reparado na unha com a manicure estragada. Nem nas outras. Você se precipitava pelos degraus da escada, os calcanhares marcando tua excitação egoísta. Ela hesitou entre reaplicar o esmalte e tirar tudo com acetona.

Você acenou com a cabeça para sinalizar a Ali que estava tudo bem. Pesquisou por um instante em qual restaurante celebrar o evento; você se via com Mira em cada um deles quando lhe vinham à mente. Acabou escolhendo aquele restaurante-barco onde serviam frutos do mar. Ali não tinha te questionado sobre o lugar aonde você o levaria, ele se deixava guiar sem tentar estragar a surpresa que o aguardava. Você sentia a impaciência tomar conta à medida que se aproximavam. Ele sorria com doçura por você tentar impressioná-lo. Sorria por te ver sorrir. Sorria e só isso importava. Você estacionou o carro antes do cais. Comer no Nilo, você imaginava a cara dele no momento de margear o cais! Devia ser tão diferente de tudo o que ele conhecia. Uma palmeira acrescia sombra à escuridão da noite. Você teve vontade de pegar a mão dele, mas não teve coragem. Limitou-se a tamborilar furtivamente a coxa dele para avisar que tinham chegado. Ao atravessar a porta, ele disse, descontraído:

— Excelente escolha, a lagosta daqui é uma delícia.

Ele optou por uma mesa que dava para a janela. Ao lhe pedir que escolhesse o vinho, você teve a súbita apreensão de que isso o deixaria desconfortável, porque ele não entenderia, ou então porque apenas não beberia álcool, mas ele entrou no jogo de pronto, escolhendo e depois degustando um *riesling* que harmonizava perfeitamente com o que vocês haviam pedido. Aproveitando uma toalha que quase tocava o chão, tua perna buscava roçar a dele. Ele esperou que o garçom se afastasse para indicá-lo com um movimento de cabeça.

— Está vendo aquele garçom? Ele finge não me reconhecer mesmo que tenhamos crescido juntos. Quero dizer, lado a lado, no Mokattam. Podemos crescer ao lado de alguém sem realmente "crescer junto". A gente tem a mesma idade, mas ele nunca teria me emprestado a bola. A mãe dele era daquelas que não davam a mínima pra minha porque a casa deles tinha um andar a mais do que a nossa... Hoje ele me serve lagosta. Sabe que não pago por isso, pela lagosta. Ele me despreza. E talvez também me inveje. Toda vez que venho aqui, estou acompanhado por um homem. Nunca o mesmo. Com certeza ele é o orgulho da família, com seu disfarce de empregado de bairro chique que ele passa todas as manhãs. Talvez nem tenha condições de mandar para a lavanderia, onde os moleques passam roupa por algumas piastras, pressionando o ferro com o pé. Ele é o orgulho da família e ainda assim me serve lagosta, se desculpando quando a cozinha demora um pouco mais que o costume para prepará-la. Nunca olha para mim quando se desculpa, porque sabe que não sou eu quem vai pagar. Então, toda vez, na hora da sobremesa, espero ele se aproximar para deixar meu guardanapo cair e faço de conta que não o encontro. Ele é obrigado a se abaixar para pegá-lo e a me olhar para devolvê-lo. Nesse momento, ele me despreza ainda mais e somente nós dois sabemos o que se passa na cabeça um do outro. Ele volta para casa com meu olhar cravado no cérebro e tem ainda mais dificuldade para tirá-lo dele do que as manchas de manteiga de alho da sua camisa branca. Você vai lhe deixar uma boa gorjeta, Tarek. Uma boa gorjeta para que ele concorde em esquecer nossa presença, a minha e a sua, esta noite. E você vai prestar atenção a partir de agora. Porque o Cairo é o maior dos vilarejos e boas gorjetas nem sempre bastam.

Ele disse isso sem se interromper ou demonstrar emoção particular. Tua perna descolou da dele à medida que falava. Ele pronunciou essas palavras com uma frieza misturada com cinismo. Isso não combinava com ele, pelo menos não com a imagem que você tinha dele. Tua alegria, primeiro esmaecida ao descobrir que ele conhecia o lugar, sucumbiu ao cutelo das últimas frases que pareciam, ao mesmo tempo, uma censura e uma advertência. Uma advertência cujo teor você não conseguia realmente mensurar. Mas o que te incomodava mais do que tudo era que ele te comparasse aos outros homens que o convidavam para ir ali. Você ficou chateado por ele ter te rebaixado ao nível deles. Ele continuou como se lesse seus pensamentos:

— Você não deveria julgá-los.

Vocês estavam em silêncio quando o garçom trouxe os pratos. Quando ele começou a apresentá-los, você o dispensou com um aceno distraído de cabeça. Havia alguns minutos que vocês comiam sem apetite, você acabou fazendo a Ali a pergunta que não queria calar há muito tempo:

— Não é difícil para você?

— O que você quer dizer? Difícil vender meu corpo? Dormir com homens que não escolhi? Com velhos, sujos? Obedecer às fantasias deles? Não, tudo bem, não é difícil. E você, não é difícil examinar incontinentes e tratar feridas cheias de pus? Quer saber de uma coisa? O que é difícil é esperar a noite inteira e voltar para casa sem ter encontrado um cliente...

Ele estava terminando a lagosta agora morna; você quase não tocou na sua. Estava absorto em seus pensamentos a ponto de não perceber que Ali fizera sinal para o garçom trazer a conta. O guardanapo dele tinha acabado de escorregar dos joelhos. Você deixou uma boa gorjeta.

Sabendo ser a causa do seu ar preocupado, ele sorriu para você ao sair do barco.

— Obrigado, Tarek, foi uma ótima escolha de restaurante...

Ele mal terminara de pronunciar a frase quando um lampejo cruzou sua mente. Um ônibus acabara de parar a alguns metros de vocês...

— Você não deve pegar com frequência, certo? Vamos lá, vem!

Ele precipitou-se em direção ao veículo cuja porta mal se fechara, pôs o pé direito na fenda da maçaneta e lá encontrou apoio para impulsionar o corpo até o teto. Ajoelhado no bagageiro, fez sinal para que você se juntasse a ele.

— Vamos, suba!

— Mas você está...

O ônibus se pôs em movimento e você lutava para encontrar apoio para o pé. Ali te puxava pela ponta do braço, divertindo-se com seu ar atônito. Você se deixou cair no teto ao lado dele, de bruços e com as mãos coladas ao metal do bagageiro. Ele ria como você jamais o vira rir.

— Você está com uma cara, doutor...
— A gente poderia ter morrido!
— A gente poderia nunca ter se encontrado também.

O concerto de buzinas abafava suas palavras. Cada solavanco nas ruas mal asfaltadas vinha gravar-se em suas costas. Seus dedos apertavam a maçaneta metálica como se fosse uma corda salva-vidas. Ele pousou a mão sobre a sua. Seu coração continuava a se projetar contra as muralhas do seu peito. De repente, tudo pareceu amplificado: o estrondo ininterrupto da cidade, a luz crua dos lampadários, o cheiro de gás emanando dos carros... Preso no trânsito noturno, o ônibus desacelerou. Ali proferiu algumas palavras que você não conseguiu distinguir, depois se ergueu no teto do veículo. Ele estendia progressivamente os joelhos quando você o viu perder o equilíbrio de repente. Você gritou o nome dele. Ele se recuperou sem dificuldade e assumiu um ar presunçoso de criança que acaba de fazer uma brincadeira de mau gosto:

— Cê ficou com medo, não foi?
— ...
— Cê ficou com medo por mim?

Você esperou que os últimos passageiros descessem do ônibus para saltar do teto. Ali havia te precedido, destacando-se da parede alta da carroceria com um movimento ágil dos braços. Com as pernas trêmulas, você quase acertou o motorista que, por sua vez, saía do veículo. Seu aspecto atônito o surpreendeu mais do que a presença, afinal de contas, corriqueira, de passageiros clandestinos. Antes que ele tivesse tempo de lhe lançar um olhar de reprovação, você colocou algumas notas na mão dele e se afastou mancando. Não tinha a menor ideia de quanto custava uma passagem de ônibus.

Você desconhecia o bairro do Cairo onde se encontrava. Quando você o alcançou, Ali passou a mão nas suas costas com carinho. Essa demonstração de afeto podia fácil passar por simples camaradagem. Ironicamente, teria rendido olhares de reprovação se vocês fossem homem e mulher. O sorriso dele tinha se livrado de qualquer sinal de deboche; você lhe retribuiu com o seu. Ele retirou a mão pousada no seu ombro para tirar do bolso um maço de cigarros. Levou um deles aos lábios. Mergulhou outra vez a mão no mesmo estojo onde se encontrava uma caixinha de fósforos oculta nas dobras do papel-alumínio. Parou a caminhada, prendeu um entre o polegar e o indicador, depois o fez estalar contra a lixa do estojo. Sua mão protegia do vento a chama tímida que ele fizera nascer. Ela obedecia a Ali à medida que ele aspirava através do cigarro, que acendeu em duas baforadas. Você observava suas bochechas encovadas pela manobra e as veias salientes da mão que a luz alaranjada do fogo coloria. Ele tirou um segundo cigarro do maço sem se dar o trabalho de te oferecer e repetiu o exercício, desta vez acendendo o segundo cigarro com a ponta incandescente do primeiro, e acabou por estendê-lo a você com um gesto silencioso enquanto uma emanação branca escapava de suas narinas. Você se apoderou dele, embora nunca tivesse fumado. O filtro conservava a lembrança ainda úmida de seus lábios. Você tossiu discretamente ao primeiro trago.

Não se deve se aventurar numa ruela tão mal iluminada sem saber aonde vai. Você regulou seu passo pelo dele, que o frescor invernal não apressava em absoluto. A mão dele usava isso um pouco como pretexto para aquecer suas costas com um movimento vigoroso. Você apreciava demais o trajeto para se preocupar com o destino. Adivinhou-o iminente quando Ali parou para tragar o cigarro uma última vez antes de esmagar a bituca no chão.

Ele empurrou a porta de um lugar sem sinalização e o ruído das conversas que se entrechocavam com o metal das cadeiras contrastou brutalmente com a calma do exterior. Um homem atrás do balcão fez largas mímicas de cumprimento que o burburinho interno tornaria inaudíveis, aproximou-se de Ali e lhe deu um caloroso tapa nas costas. Havia mais fervor em sua acolhida do que o álcool por si só poderia justificar.

— Então, quem você nos traz desta vez?

— Um amigo — respondeu Ali com um sorriso lacônico.

— *Effendi*...! — lançou o homem, baixando a cabeça teatralmente depois de te encarar.

Com o cabelo desgrenhado e a camisa incrustada de tudo que um teto de ônibus cairota pode acumular, você se esforçava para perceber o que justificava aqueles olhares, mas recebeu o cumprimento com um sorriso. A sala era um longo corredor pontilhado de mesas dispostas em fileiras escalonadas. Ali desapareceu por alguns instantes, fendendo com o ombro uma nuvem de fumaça que te impedia de ver o fundo do cômodo. Pela primeira vez naquela noite, você pensou furtivamente em Mira, no jantar que ela havia preparado em vão para você, no fato de que já era tarde e que você não tinha a mínima ideia de onde estava ou de como chegar ao carro. Uma xícara de café cheia de álcool que você não pedira te tirou dos pensamentos; uma segunda foi colocada ao seu lado. Você não sabia se devia pagar na hora, fizeram sinal de que não havia pressa. Não havia pressa. Ali voltou levemente penteado. Perguntou se você estava gostando do local agitando o indicador num gesto circular. Você estava. Ele sorriu. Você tomou o primeiro gole. Varrendo a sala com o olhar, viu dois homens se beijando na boca com ímpeto. Se a ideia de um beijo em público no Egito já era dificilmente concebível, nunca teria passado pela sua cabeça que dois homens pudessem se entregar assim! Você tinha dificuldade para conciliar essa visão à imagem dos seus lábios unindo-se aos de Ali pela primeira vez no carro, algumas semanas antes. Lendo seus pensamentos, ele aproximou o rosto do seu. Sua boca estava úmida com o mesmo álcool, seu cérebro entorpecido pela mesma embriaguez. Você pensou rapidamente no número de noites em cana que uma batida policial poderia te custar, depois só pensou nele. As xícaras se sucederam, você não guardou a lembrança do número nem mesmo a certeza de ter pagado por elas. As batidas do seu coração precipitavam-se, injetando em cada um dos seus membros uma nova febre; um calor levemente anestesiante os adormecia da raiz à extremidade. Você atribuiu esse estado ao álcool, mas era a visão dos minutos que seguiam que provocava tal efeito. Você desabotoou a camisa dele para nela introduzir sua mão.

Nesse momento, nada mais importava: nem o medo de ser reconhecido, nem a discussão que inevitavelmente explodiria quando você por fim voltasse para casa. Ébrio, sujo, atrasado.

Feliz. Demais para perceber que nada mais restava do jantar preparado por Mira, tanto na geladeira como no lixo. Demais para notar a presença daquela garrafa de água sanitária que nunca mais sairia do banheiro.

18

O boato de que um menino da vida te assistia na prática médica espalhou-se. As pessoas gostam de falar "da vida": isso é o mesmo que dizer disfarçadamente que a própria é irrepreensível. É sempre cômodo lavar a alma com o vício dos outros. Você não saberia dizer os caminhos que esse rumor tinha tomado, mas sua origem era clara: tinha a assinatura de Omar. Ele, que tinha reconhecido Ali no consultório algumas semanas antes, conhecia bem esta regra elementar: quem não caça rápido vira presa. Ele tinha, portanto, dado o primeiro tiro. Se lhe perguntassem de onde obtivera tal informação, ele não deixaria de invocar algum contato na polícia que teria reconhecido o jovem delinquente. Afinal de contas, um homem da sua classe se beneficiava bastante das confidências dos que mantêm a ordem nesta cidade. Quanto à ideia de que ele mesmo pudesse ter usado os serviços de prostituição que denunciava, parecia grotesca demais para quem quer que fosse.

Num primeiro momento, isso não afetou seus negócios. Seus pacientes habituais pareciam impermeáveis a essas fofocas e havia até novos, que vinham para tratar da saúde e, às vezes, da curiosidade, de modo que o consultório não se esvaziava. Isso não duraria muito.

Alguns amigos tentaram avisá-lo que a presença de Ali começava a fazer as más línguas falarem, mas sem nunca abordar diretamente a razão. Esse era realmente o lugar de um *zabbal*? Você não tinha meios para contratar um ajudante com formação médica? Você argumentava racionalmente, afastando com um aceno de mão os falsos motivos que te eram apresentados, sem jamais dar margem ao que estava por trás deles. No entanto, por meio de Ali, era você que maculavam. Um médico recém-casado que se deixa acompanhar por um jovem prostituto, como imaginar que isso não esconde uma vida dupla? Ironicamente, neste ponto, o rumor apenas precedeu a realidade.

Aos primeiros sinais concretos de perigo, você contrapôs a mesma cegueira. Um paciente retirava bruscamente o braço ao contato com Ali, outro se informava sobre o horário em que ele estaria presente no momento de marcar a consulta. Até o dia em que apareceu um e soltou, fanfarrão, "Sua mãe deve estar orgulhosa de você, é quase médico!" evitando olhá-lo. O sangue de Ali gelou; você o viu jogar seu material ruidosamente e arregaçar as mangas da camisa. Ele tinha o olhar sombrio dos que se lançam numa briga de rua. Você teve que se interpor entre eles para evitar os golpes. Quando Ali anunciou no fim do dia que não desejava mais trabalhar no consultório, foi a sua vez de explodir. Como ele queria ter êxito se perdia o sangue-frio diante do primeiro idiota? Ele iria estragar seu futuro por causa de um comentário impertinente? Você não se dava conta de que era o seu que ele tentava preservar.

19

Como era de costume, Fatheya reservava as questões domésticas à sua mulher. Assim, você ficou surpreso quando ela escolheu um momento em que Mira não estava em casa para abordar um assunto desse tipo:

— Os armários estão quase vazios.
— Você precisa de dinheiro para a feira?
— Seria a terceira nesta semana...
— Se as duas primeiras não foram suficientes, faça uma terceira.
— O estoque diminui rapidamente. Eles estavam cheios há dois dias e...
— O que você quer que eu diga? Não nos falta dinheiro, se é essa sua preocupação! Tome...

Você começou a tirar a carteira do bolso. Fatheya fez um gesto para dizer que não era o que ela esperava. Improvisou:

— Não quero que me acusem de levar comida embora.
— Mas ninguém está te acusando, por favor.
— Eu estava preocupada com...
— Você é a única a se preocupar!

Ela fez uma pausa e respondeu secamente:
— Talvez seja esse o problema.

***

Há algum tempo, os cancelamentos de última hora se multiplicavam, de modo que seu dia terminava mais cedo que o previsto. Você voltou para o apartamento e, acreditando estar sozinho, serviu-se de um uísque. Quando vertia a bebida no copo, ouviu um barulho vindo do banheiro. Você apurou os ouvidos para confirmar sua intuição: era mesmo vômito.

— Mira, tudo bem?

O barulho parou. Você chamou outra vez seu nome. Ela acabou respondendo:

— Sim, tudo bem. A sopa deve ter caído mal, mas vai passar.

— Você tem certeza? Quer que eu entre?

— Já disse que está tudo bem. Obrigada por perguntar...

Você não insistiu. As três últimas palavras dela soaram como uma censura matizada de ironia.

Ela ficou trancada por muito tempo, tomou banho, em seguida decidiu sair. Abrindo a porta, uma nuvem de vapor escapou, arrastando com ela os eflúvios misturados de água sanitária e xampu. Respondeu com um aceno de cabeça indiferente quando você lhe perguntou se ela estava se sentindo melhor e calou-se até o dia seguinte. Quebrou o silêncio quando você se preparava para ir trabalhar. Ela precisava descansar. Longe do Cairo. Essas foram suas palavras; depois disso elas retornariam em intervalos regulares. Mira-Metrônomo.

Da primeira vez, ela partiu por duas semanas para o Mar Vermelho sem que você tentasse impedi-la ou compreender o que ela entendia por "descansar". Será que esperava que você sugerisse acompanhá-la? A pergunta passou por sua cabeça antes que você se abstivesse de respondê-la. Depois ela começou a variar os destinos, esquecia de detalhá-los para você, apenas anunciava que estava partindo, ou então se limitava a te dar a entender: a mala em evidência no meio do quarto significava que ela não estaria mais ali à noite, quando você chegasse. Nenhuma censura, nenhuma agressividade.

Sua mente recusava-se a admitir, mas as razões que a incitavam a partir eram óbvias. Os incidentes repetidos no consultório acabaram sussurrados no seio da comunidade levantina e Mira não podia ignorar a existência deles. Será que ela chegaria ao ponto de suspeitar da sua ligação com Ali por causa disso? O que não se diz não existe e nenhum de vocês tinha interesse que tal situação existisse. Você se enclausurava num silêncio prudente que ela rompia apenas com distantes alusões. Você não saberia dizer se elas eram intencionais de verdade ou simplesmente fruto da sua imaginação. Ela não frequentava mais o Sporting Club onde se estendiam suas tardes antigamente, tinha parado de te arrastar para as saídas sociais mundanas que nunca te agradaram, não recebia mais em casa. Tomados isoladamente, os indícios são insignificantes. Você não tentou associá-los.

Você a descobria em retiro no monte Sinai ou em temporada de férias em Marsa Matruh por meio de seus cartões postais e telefonemas. Podiam se passar alguns dias sem notícias, mas ela assegurava a manutenção do vínculo. Acima de tudo, jamais voltava para casa sem te avisar. Essa precaução implícita era conveniente a ambos.

Contrariando todas as expectativas, suas viagens tinham o efeito de aproximá-los. Se as partidas eram quase sempre precedidas por tensões, os retornos eram inevitavelmente felizes. Ela esperava até se sentir bem para voltar e sempre acabava te fazendo falta. Vocês adquiriram o hábito de celebrar cada uma de suas reaparições. Era uma espécie de ritual, vocês encenavam o reencontro de dois amantes durante o qual você procurava surpreendê-la. A luz das velas para um jantar que você preparara para ela ou então a agitação de um Cairo noturno que vocês redescobriam juntos. Você nunca era pego desprevenido, ela nunca alegava cansaço da viagem. A magia durava uma noite, às vezes os dias seguintes, depois o cotidiano vencia. O início de um novo ciclo de algumas semanas, ao fim do qual ela acabaria por evaporar-se. Às vezes você se lembrava daquele dia de junho de 1967, em que ela desaparecera sem lhe dar mais notícias, quando vocês tinham acabado de se conhecer. Será que mais uma vez ela levaria quase quinze anos para voltar? Ou que simplesmente não voltaria? Ela dizia que precisava dessas partidas para se encontrar. Você compreendia que ela precisava sobretudo dos retornos para encontrar vocês dois.

***

Fazia dois dias que ela partira. Ali te acompanhava na clínica como de costume. Você esperou que o último paciente partisse para convidá-lo a passar a noite na sua casa. Escolheu as palavras e o momento que te pareciam mais apropriados para fazer com que essa proposta se mostrasse inofensiva. Você foi surpreendido por sua própria voz ao formular a pergunta, como se fosse modulada por uma frequência ligeiramente mais aguda que o normal.

Ele fez de conta que não percebeu nada. Aceitou. Esse acordo tácito repetia-se diariamente. De dia, as mãos dele como prolongamento das suas sobre os corpos dos pacientes. À noite, o corpo dele como prolongamento do seu sob suas mãos impacientes. Lá, ao acordar. Ao deitar-se, lá novamente. Você não lhe perguntava mais se ele queria uma carona até em casa ao fim do plantão de quarta-feira. Nenhum dos dois percebeu esse esquecimento.

Uma noite em que você subiu primeiro para seus aposentos, viu Ali subir da clínica com a expressão preocupada.

— Acabei de receber uma ligação, um homem quer falar com você...

— Uma emergência?

— Não, não. Alguém querendo comprar o dispensário do Mokattam.

— Comprar o dispensário? Você lhe disse que não está à venda, espero.

— Ele não deixou o nome, apenas o número de telefone.

— Deve ser uma brincadeira. Acontece, não precisa fazer essa cara.

Seu sorriso não pareceu tranquilizá-lo. Ele continuou:

— Ele disse para eu não me preocupar, que poderia continuar a trabalhar lá se renunciasse ao pecado... Na verdade, eu desconfiava desde o início, quando ele soltou "que a paz esteja com você"...

A sombra que toldava a expressão de Ali estendeu-se ao seu rosto. Seus compatriotas não tinham o hábito de se expressar assim ao telefone, isso se parecia mais com um cumprimento saudita.

*

É preciso dizer que eles eram uma legião, esses egípcios que voltaram da Arábia Saudita desde o fim da era Sadat. Atraídos por salários mais altos e pela promessa de uma moradia paga, eles serviram como mão de obra barata nessa região que a crise do petróleo transformara em eldorado. Agora que retornavam ao país, com gravador debaixo do braço e barba mais longa do que ao partir, muitos deles procuravam importar para sua terra natal o rigor religioso da sociedade que os tinha acolhido. Alguns conservaram os costumes do salafismo wahhabi, que era a norma por lá, outros se acomodaram ao islamismo político dos Irmãos Muçulmanos, cuja rede de obras sociais não parava de prosperar sobre as ruínas do liberalismo econômico. Diante do colapso de um sistema hospitalar incapaz de fornecer material e medicamentos em quantidade suficiente, eles criaram uma rede de saúde paralela a preços acessíveis. Provavelmente, tentariam agora transformar seu dispensário numa clínica islâmica. No bairro cristão onde ele se situava, isso era mais uma provocação do que uma ação de caridade. Ali certamente tinha chegado à mesma conclusão que você.

"Se renunciar ao pecado...", essa condição parecia uma ameaça. O que ela significava? Como ele a concebera? Você contemplou Ali por um longo tempo. Ele permanecia ali; entretanto, parecia estar em outro lugar. Não dizia nada, estava sério, o olhar agitado. Sua preocupação desapareceu logo; somente a dele importava. Você não gostava de ver os traços dele se endurecendo. Nada mais te preocupava.

***

A prudência dos primeiros tempos estiolava-se como o álcool forte supera qualquer inibição. Você proibiu Fatheya de limpar seu andar quando Mira não estava e essa foi provavelmente sua última precaução. De resto, você não se dava mais o trabalho de evitar a porta que dava para a janela de sua mãe, de espreitar o momento em que se apagavam as luzes, de medir o alcance de suas vozes ou a espessura das cortinas que dissimulavam seus abraços. Nesrine tinha o hábito de te visitar na hora em que você arquivava os prontuários. Você fez de conta que não ouviu quando ela bateu na primeira noite, suspendendo qualquer ruído até que ela voltasse aos aposentos no andar superior e soltando risadas adolescentes assim que o perigo passou. Ela não retornou nos dias seguintes.

Mira havia deixado um número de telefone. Às vezes você telefonava, mais para aferir a iminência de seu retorno do que para saber como ela estava. Você respondia às perguntas dela com banalidades perfeitamente acessórias à vida que levava na ausência dela. Vocês encerravam a ligação afirmando que sentiam falta um do outro. Para ela se tratava de uma pergunta; para você, de um álibi.

Sem que você percebesse, a tristeza te substituiu ao lado dela. Uma melancolia que realmente não combinava com Mira e que não a abandonaria mais. Nos primeiros tempos, ela se perguntava se, a partir de então, seria preciso reservar um lugar para essa nova companheira ou se esta, por sua vez, acabaria se cansando dela. Com o passar das semanas, Mira compreendeu que, dali em diante, esse sentimento difuso seguraria sua mão onde quer que ela estivesse. De mãos dadas, bastaria uma pressão inesperada para se lembrar de sua existência. Mirastenia.

20

Os cabos que saíam da televisão alastravam-se pelo chão numa rede confusa. Ali prendeu o pé neles enquanto andava até a cama. Mal se reequilibrou e soltou um impropério. Ele, que se empenhava em ostentar a mesma segurança desapegada em qualquer circunstância, lhe pareceu ainda mais comovente, o orgulho embotado por um conector elétrico estúpido. Você preferiu adiantar-se à crítica que sentia despontar:

— Eu deveria reservar um tempo para desemaranhar tudo isto.

— Para o quê?

— Para desenrolar, se você preferir.

— Não é que eu prefira, é que é mais simples. Você não precisa me mostrar o tempo todo que conhece palavras complicadas...

O que é excessivo não exige resposta; você passou a mão nos cabelos dele e tentou desviar.

— É bonito, *emaranhar*. Olha, você que gosta das coisas complicadas, sabia que é possível emaranhar fótons?

Ele levantou os olhos para o céu, como se fosse necessário assinalar que os conhecimentos de um menino do Mokattam não abrangem as noções de física quântica. Você não notou nada e continuou:

— São partículas bem pequenininhas... Dizem que quando duas delas interagem em algum momento de sua existência, elas permanecem ligadas para sempre. Quer dizer que quando você manipula a primeira, a segunda é de imediato modificada de forma idêntica. Como se uma soubesse exatamente o que a outra estava vivendo, no momento em que estava vivendo, sem que tenha recebido o menor sinal de sua parte, mesmo que se encontrassem a milhares de quilômetros de distância! Você percebe? Elas se tornam ligadas para sempre. Intrincadas. Mesmo sem poderem se comunicar. Quem sabe, talvez sejamos como dois fótons intrincados, você e eu.

— Mas do que você está falando?

— Bem, talvez, se um dia a gente tiver que se separar, a gente continue a sentir a mesma coisa ao mesmo tempo.

Sabemos realmente de onde nascem as tempestades? Ali explodiu com uma violência que tensionava seus músculos.

— Pare com suas bobagens, Tarek, o que você está falando? Não é porque a gente fode que você pode dizer um troço desses. Quê? Por que está me olhando assim? Eu não deveria dizer "fode", é isso? Deveria dizer o quê? Que a gente "faz amor"? Isso também não quer dizer nada! Meus clientes pagam para foder comigo. Ou para que eu foda com eles. Não para fazer amor. Se eu tivesse que esperar que eles dissessem que a gente "fez amor" antes que me dessem o dinheiro, posso te garantir que eu não veria a cor dele!

Uma respiração irregular erguia seu peito. Você seguia o movimento com os olhos, à espera da calmaria ao mesmo tempo que evitava que seus olhares se cruzassem. Tentou:

— Você me ama?

— Não sei. Isso não tem sentido. Quero dizer... eu poderia responder que sim e realmente acreditar nisso. E você talvez respondesse a mesma coisa. Mas isso não iria querer dizer necessariamente a mesma coisa, mesmo que a gente usasse a mesma palavra. Quê? Só porque a gente suou junto nesta cama, seríamos como as suas partículas? Caramba, não! No dia em que nos separarmos, não vejo por que sentiríamos as mesmas coisas. Você continuará a ser um grande médico que não tem problemas de grana e eu, a me virar como posso.

— O que isso tem a ver com dinheiro?

— Tudo tem a ver com dinheiro, Tarek, tudo! Sempre que alguém começa a falar, está falando de dinheiro. Com certeza nunca te faltou nada para não entender isso! O mundo não é como você gostaria. Você acha o quê? Que basta enfiar em mim uma bata hospitalar para que eu seja enfermeiro? Que não vai ter mais mexerico porque você diz aos seus amigos que tenho talento? Que a sua mulher não percebe nada? Abre os olhos, merda!

O ricto que acompanhou sua última frase acabou por dissipar qualquer traço de sua juventude. Ele saiu do quarto, pegou seus pertences. Você tentou contê-lo balbuciando algumas palavras. A mandíbula dele, contraída, não deixou escapar nenhuma resposta.

***

Fazia muito tempo que você não jantava com sua mãe e sua irmã. Nas primeiras viagens de Mira, você criou o hábito de subir ao andar delas no fim do dia para compartilhar as refeições. A atmosfera do segundo andar te divertia. Vocês conversavam sobre banalidades e comiam o prato que Fatheya acabava de preparar escutando as fitas cassete vindas da França.

— O que você vai tocar para nós esta noite? Mais um cantor francês do Egito?

— Boa ideia, vou colocar para vocês Demis Roussos, faz muito tempo.

— Ele é egípcio também?

— Sim, grego de Alexandria, como Moustaki.

— De qualquer forma, todos os cantores franceses são egípcios.

— É verdade, Richard Anthony, Guy Béart, Claude François...

— Dalida!

— A França é nobre, *ya habibi*. Ela sabe reconhecer o talento, não importa de onde ele vem.

Entre dois pratos, sua mãe tentava extrair informações sobre os males dos pacientes que eram, em grande parte, conhecidos de longa data. Protegido pelo sigilo profissional, você se divertia ao deixá-la patinar em sua insaciável curiosidade. Ela acabava se contentando, na falta de coisa melhor, com o relato de sua mais recente partida de cartas.

O último jantar de vocês juntos tinha sido, no entanto, acalorado. Você não soube responder a Nesrine quando ela perguntou onde estava Mira. A pergunta não tinha segundas intenções, mas sua mãe aproveitou para propagar os sermões moralizantes dela. O que dizer de um casal cujo marido deixa a mulher viajar sozinha e não sabe nem dizer aonde ela foi? Você a aconselhou a cuidar dos próprios assuntos e desceu para seus aposentos sem terminar o prato. Quando Ali começou a se instalar clandestinamente na sua casa, a pendenga se revelou uma benção: você não precisava mais justificar sua ausência no jantar. Agora que ele partira, você decidiu demonstrar boa vontade aparecendo na casa delas de surpresa munido de um buquê de rosas. Ao cruzar a porta, encontrou sua mãe à mesa com Omar na sala. Ele despediu-se dela ao notar sua presença e saiu sem te dirigir o olhar.

— O que esse daí estava fazendo aqui?

— Sou eu que tenho de dar satisfação sobre as minhas companhias?

Ela te mediu com rigidez. Desconcertado, você entregou-lhe as flores, como se esse fosse o motivo da sua vinda e imediatamente foi embora.

21

No princípio, Deus criou os céus e a terra. Pode-se deduzir que antes do princípio não havia nada. Nada além de Deus. Quase nada, portanto. Para fugir do seu divino tédio, que remontava a muito antes do princípio, Deus criou o homem à sua imagem. A ideia ocorreu-lhe, parece, ao cabo de alguns dias de fulgurância criadora. Demiurgo compartilhador, ele o intimou a controlar os peixes, os pássaros, o gado e praticamente todo o resto, o que não deixava espaço a nenhuma inquietação particular, na medida em que se poderia esperar que o homem (à imagem de Deus, afinal) fosse um bom gestor. Deus acabava de substituir o nada que o cercava por uma coisa e não demorou uma semana para encontrar um meio de lhe delegar a administração. Cedendo a um breve acesso de autossatisfação, Deus concluiu que aquilo era bom. De sua parte, o humano tomava gosto evidente por aquele mandato e, talvez, temendo que fosse questionado, esforçou-se para torná-lo incontestável. Foi assim que o homem, por sua vez, criou Deus. À sua imagem.

Se nessa cosmogonia de missal, a tarefa primeira de cada ser humano é controlar o que o cerca, é imperativo admitir que alguns a executam admiravelmente. Pela constituição de um império financeiro, a exemplo de Omar e seu comércio próspero de algodão, ou ainda pela habilidade e status social que sua mãe sabia interpretar tão bem. Cada um perseguia um objetivo que lhe era próprio: o dinheiro, o poder, a influência, o sexo... E você, o que buscava alcançar? Ao menos o sabia? Por que isso te parecia tão simples de identificar em teus semelhantes enquanto não saberia determiná-lo para si mesmo?

Você não via Ali desde a discussão. Pela primeira vez, ele não apareceu na clínica, tampouco no dispensário. Você não desejava ir à casa dele. Por orgulho, talvez. Por medo, igualmente. Medo de que ele não quisesse te abrir a porta. Medo de não o encontrar lá. Medo de sentir crescer em você o ciúme diante da ideia de que ele pudesse estar com um de seus clientes. Sua organização encontrou-se abalada, assim como seu espírito. Você não saberia nomear essa dependência.

Mira preparava-se para voltar. Como de costume, ela telefonara na véspera para avisar, mas isso te pegou de surpresa. Ele se evaporou, ela ressurgia, esse carrossel te deixava tonto. Você pediu a Fatheya que buscasse o almoço no restaurante para comemorar o retorno de sua mulher e que arrumasse tudo minuciosamente. Ela se empenhou e, na hora de partir, destacou sobre a mesa alguns bens que não te pertenciam. Em sua partida precipitada, Ali esquecera os pertences na sua casa. Era a primeira vez que aquilo acontecia. Você sentiu crescer uma súbita angústia do que poderia ter acontecido se Mira tivesse dado de cara com aquilo. Jogou às pressas os objetos comprometedores num saco plástico e o levou para a clínica no térreo.

Embora ela tenha dito para não a esperar, você fez questão de receber sua mulher. Ela chegou tarde da noite. Quando você a notou na soleira, correu para abraçá-la. Ao mesmo tempo surpresa e seduzida, ela retribuiu o beijo. Enquanto ela guardava as roupas, um aroma de folhas de vinha recheadas subia da cozinha. Essa aparência de normalidade te reconfortava. Você se sentia como o paciente a quem anunciaria que o tumor descoberto mais cedo era, afinal, benigno.

***

Quando Ali voltou ao trabalho, fazia uma semana que você não o via. A exemplo dele, você agiu como se não fosse nada. Não exigiu nenhuma explicação, ele não tentou te dar nenhuma. Retornando à noite a seus aposentos, você ficou preocupado. Fitava as paredes como se tivesse na mira um vigarista. O menor dos móveis parecia prestes a te trair. Quatro dias mais tarde, Mira anunciou uma nova viagem; talvez tenha sentido a sua perturbação. Mira-Telepata.

Uma distância de natureza totalmente diversa estabelecia-se com Ali. Ele voltou a morar na sua casa na noite da partida da sua mulher, mas algo nele parecia ter mudado. Uma lassidão no olhar, um sorriso apagado, observações lançadas no ar. Ele comentava seu estilo de vida, te surpreendia jogando fora os restos de uma refeição ainda consumível e te fazia perceber que, provavelmente, você jamais conhecera a fome. Não era verdadeiramente uma censura: um simples lembrete do que os separava, uma diferença original. Como água e óleo. Podemos sacudi-los com vigor e ter a impressão de que se misturam, mas eles acabam por retomar seu lugar, um dominando irremediavelmente o outro. Ele dizia isso vertendo azeite sobre o prato de favas. Assumia um ar falsamente desprendido, um tanto provocador, mas você sabia que ele sopesava cada uma das palavras que pronunciava. Com um sorriso, você tentava transformar em deboche o que ele acabara de dizer, assim como um movimento de cabeça tenta afastar um pensamento absurdo. Hoje você pondera até que ponto ele tinha razão. Ali ressaltava detalhes insignificantes, mas era apenas um atalho para evocar todo o resto. Seus quase quinze anos de diferença, a educação, a profissão, a família, o status, a religião... No final das contas, vocês só eram semelhantes no fato de serem homens no Egito de um século XX em extinção. Esse raro ponto em comum, porém, os condenaria mais que qualquer outra diferença.

Você estava a mil léguas dessas considerações quando entreabriu os olhos naquela noite. Sabia que estava acordado, mas se esforçava para manter os membros no peso sonolento para não comprometer a volta ao sono. Com a consciência entorpecida, lançou um olhar mecânico em direção à esquerda da cama. Esperava ver a silhueta de Mira, delicadamente entregue ao sonho que ela não deixaria de te contar. Em vez disso, o corpo de Ali. Ele dormia tranquilo. Você tinha esquecido. Esquecido que ele estava dormindo lá, como na véspera, na antevéspera e também nas noites anteriores, naquela cama onde você e Mira tentavam fazer um filho. Ele estava no mesmo lugar em que ela adormecia habitualmente. A passarela precária que teria te levado de volta ao adormecimento acabava de se romper. Você olhava desconcertado aquele outro corpo que seus lençóis mal cobriam de tanta movimentação noturna. Ele estava deitado de bruços, a cabeça voltada para você. As luzes precoces de uma manhã de verão passeavam ao longo de sua espinha dorsal. A luz horizontal projetava sombras desproporcionais em cada uma de suas vértebras. Elas acabavam se confundindo quando a respiração erguia seu dorso, depois voltavam a seu lugar à medida que o ar escapava de suas narinas. Seu corpo entregava-se com tanta tranquilidade como se aquele lugar fosse seu e nada parecesse se espantar com aquela impostura gritante.

Todo homem carrega em si os germes de sua própria destruição. Você pensou em Nesrine dormindo no andar debaixo. Em sua mãe, sentinela invisível do mesmo edifício. Na janela pela qual o dia nascente lançava seus raios sobre o corpo calmo de Ali. Em seus pertences, dispersos em alguns pontos. Em seu cheiro, presente em toda parte. Você sentiu uma tensão te comprimir sem poder dizer se a aceleração do seu coração era a causa ou a consequência. Batidas desenfreadas. Um tumulto interior. Será que ele não ouve? Você pousou a mão no ombro dele. Ele despertou num ligeiro sobressalto. Com os olhos semicerrados, decifrou a hora que o relógio de Mira exibia.

— O que é que... Tudo bem? Você está com uma daquelas caras!

— Você tem que ir embora...

Ele se levantou. Vestiu-se. Juntou suas coisas em silêncio. Quando terminou, lançou um olhar na sua direção. Muito tempo depois, você procurou o que era preciso ler ali. Naquele momento, não foi capaz de dizer mais nada.

22

O rumor. Aquele que se propaga, invisível como o vento nas palmeiras. Aquele que conspurca o que não compreende. As vidraças de seu consultório tinham sido quebradas pelo lado de fora. *Aquele que condena o que lhe é desconhecido.* Primeiro você pensou em roubo e invasão, mas nenhum objeto de valor tinha sido roubado. Tinham rasgado os móveis, derrubado os armários, espalhado os prontuários. *Aquele que exclui o que lhe é estrangeiro.* A vontade de destruir não deixava dúvidas. Quantos eram para fazer aquilo? Cinco? Vinte? E quem? *Aquele que se deforma, da orelha à boca.* Havia um cheiro de gasolina, como se tivessem planejado incendiar tudo. Por que parar antes? Por falta de tempo? Para que o efeito fosse ainda mais espetacular? Por que preferiam que você estivesse lá? *Aquele que torce a boca que o repele com uma indignação fingida, com um sorriso cúmplice.* Você logo pensou em Mira. Onde ela estava naquele exato momento? E sua mãe? E Nesrine? Será que foram atrás das mulheres? *Aquele que se delicia com suas certezas.* E Ali? *Aquele que dissimula sua feiura sob as máscaras da decência, da tradição, da moral, dos princípios.* Um frêmito de raiva o percorreu naquele instante. Um sentimento de uma intensidade que nada na sua vida jamais igualaria. *O rumor que suja, que macula*. Onde diabos estava Ali? *Aquele que abomina a alteridade.* Você saiu do consultório aos berros. *Aquele que designa, que asfixia, que apedreja, que imola.* De repente você viu os despojos do seu gato Tarbouche pregados na parede. O sangue escoava ao longo de sua pata desarticulada. Ele desenhava linhas púrpuras irregulares que terminavam o curso no vômito do animal supliciado. *Aquele que se vangloria da ignorância.* Tarbouche... Quanto tempo ele agonizara neste cenário macabro? *Aquele que se intumesce de ódio.* Havia esta inscrição na parede: "Ele te espera no inferno." *O rumor que assassina.*

Moscas já rodopiavam em volta do cadáver em seu enlevo atarefado. Você tentou desprender o corpo ainda morno. Retirava-o com uma precaução inútil, como se subsistissem sofrimentos que você poderia evitar. Talvez seus dedos tenham se arranhado ao arrancá-lo dos pregos; você não distinguia mais seu próprio sangue daquele do animal. Você, cujas mãos sabiam apenas cuidar dos vivos, poderia, naquele exato momento, degolar cem homens que cruzassem o seu caminho. Todos eram culpados.

Era preciso agir rápido. Você queria se certificar de que seus entes queridos estavam em segurança. Cobriu a carcaça do gato com uma toalha, subiu os degraus de quatro em quatro para chegar ao primeiro andar, gritou o nome da irmã. Ela parecia sair de um sono que o barulho da devastação não fora suficiente para interromper. Recuou ao vê-lo chegar com a camisa ensanguentada e as pupilas dilatadas. Você berrava. Queria perguntar se estava tudo bem, mas as sílabas que você rugia eram praticamente ininteligíveis. Viu nos olhos dela o medo que você originara; recobrou o fôlego. Tentou articular o mais distintamente possível:

— Onde está a mamãe?

— Tarek, o que está acontecendo? Você está ferido?

Você repetiu a pergunta, tentando mascarar qualquer forma de impaciência.

— Ela está no quarto dela, Tarek, onde acha que ela estaria? Meu Deus, o que é que te aconteceu?

Ela começou a desabotoar sua camisa para entender de onde vinha o sangue. Não encontrou nenhum ferimento. Você não conseguiu explicar nada. Estava na cadeira em que ela o fez sentar, exausto, impotente.

— Tarek, você vai me explicar o que está acontecendo?

— Mira, quero falar com a Mira...

Mira estava em Alexandria. Nesrine estivera com ela ao telefone na véspera; talvez tivesse ido se banhar em Montazah àquela hora. Você queria que alguém fosse à praia para levar um recado para ela? Não, não era necessário. Você não respondeu mais nenhuma pergunta. A única que importava agora era saber onde estava Ali.

23

Tocaram a campainha, ela abriu. Falaram com ela, ela respondeu. Foi breve. Ela fechou a porta, observou pelo olho mágico o interlocutor afastar-se, de costas. Quando ele estava a uma boa distância, ela, por sua vez, deu alguns passos na entrada. Encontrou seu próprio olhar, mecanicamente, no espelhinho pendurado na parede da entrada. Uma sombra despenhava-se em suas bochechas abatidas. Ela não se penteou.

Era seu dia de cirurgia no hospital americano, sua mãe sabia que ainda lhe restava algum tempo antes que você voltasse. Era o suficiente para encontrar a melhor maneira de lhe dar a notícia. Naquele momento, ela sentia uma dor começar a envolver sua cabeça. Dirigiu-se à cozinha, abriu a geladeira e pegou um recipiente cheio de água onde mofavam três sanguessugas. Já fazia uns dois meses que elas aguardavam essa enxaqueca.

***

— Onde está o corpo, eu quero ver o corpo, quero ver o que fizeram com ele!
   — Você vai se acalmar ou não? Estou lhe dizendo que ele se afogou.

— Eu quero ver o corpo!

— Eles o enterraram...

Como poderia ter se afogado? Aos vinte anos, com os músculos e o espírito cheios de vida... Você contraiu a mandíbula como que para se impedir de gritar mais.

— Pois que desenterrem! Desde quando alguém tem pressa para enterrar o primeiro órfão do Mokattam que se afoga? Quem deu a ordem?

— Eu. Fui eu que pedi para colocá-lo na vala comum quando recebi a notícia. Era nosso empregado, não tinha família. Mas, pela Sagrada Comunhão!, o que você queria que...

— Engole a sua Santa Comunhão! Com que direito você ordenou o enterro desse corpo sem que...

Você jamais se dirigira à sua mãe dessa forma. Você ou qualquer outra pessoa, aliás. Ela respondeu num tom glacial, tomando o cuidado de destacar cada sílaba:

— Sem que você o visse pela última vez?

— Sem que eu pudesse fazer a autópsia, caramba!

— Tarek, vou começar a acreditar que é verdade tudo o que estão dizendo. Comporte-se como homem, pelo menos uma vez! Não se desenterram os mortos e não...

— Não o quê?

— Não se faz esse tipo de coisa quando se é um homem!

— Nunca mais me diga para me comportar como homem, está me ouvindo?

— Eu deveria ter dito com mais frequência.

Ela berrou as últimas palavras através da porta que você acabara de bater.

Ver o corpo dele para compreender. Você se lembrou de repente daquela frase inscrita perto dos despojos de Tarbouche: "Ele te espera no inferno". E se essas palavras se referissem a Ali e não ao seu gato? Teria ele sido espancado até a morte antes de ser jogado no Nilo? Com certeza haveria contusões, você provaria a ausência de água nos pulmões. Teria sido jogado no rio, com pesos e amarrado, para que se afogasse? Você veria os indícios das amarras em torno dos punhos. Ver o corpo dele, para ali encontrar um cisco de vida que teria escapado a todos. Uma brasa quase apagada sobre a qual bastaria soprar para que o fogo recomeçasse. Vê-lo para compreender. Seu corpo, uma última vez.

**

Você tomou a direção do escritório local de saúde pública perto da sua casa na esperança de que a morte de Ali tivesse sido declarada lá. Conhecia o procedimento por já tê-lo cumprido como médico. Depois de mais de uma hora de espera, pediram um documento de identidade de Ali que você não tinha. Eram quase cinco da tarde e o agente à sua frente não parecia disposto a abrir uma exceção tão perto da hora de fechamento. Sua impaciência crescente parecia anestesiar nele toda forma de motivação. Você subiu o tom. Quando compreendeu que não se livraria tão facilmente de você, ele aquiesceu debilmente em se lançar numa busca, abrindo de maneira mecânica a primeira página de cada pasta de papelão oriunda do que parecia ser a pilha de relatórios do dia. Sem resultado.

— Como assim "nada"? O que isso quer dizer?

— Quer dizer que ele foi declarado em outro posto. Ou então que os dados ainda não foram atualizados: demora até vinte e quatro horas para atualizar a ficha. Ou então que o nome dele não foi inserido corretamente. Ou então que ele é um dos vinte e sete mortos não identificados do dia. Ou então...

— E como é que eu faço para saber onde ele está agora?

— Você ainda pode tentar ver no Mogamma,[9] mas, bem, sem documento de identidade...

Suas últimas palavras ressaltavam, ao mesmo tempo, que o favor que ele acabara de fazer aguardava uma recompensa e que suas chances de obter informações eram praticamente nulas. Encaminhar um egípcio ao Mogamma era mandá-lo ao inferno. Procurar informações nesse edifício stalinista onde se amontoam dezenas de milhares de funcionários, entre os quais nenhum jamais tinha a resposta para a pergunta feita, era a maneira mais certeira de atolar duradouramente o mais simples dos pedidos administrativos. Você teve de ir até lá na semana anterior para renovar alguns documentos que haviam desaparecido na pilhagem da clínica e não esperava obtê-los por longos meses. Saiu sem deixar gorjeta para seu interlocutor, o que com certeza lhe rendeu uma boa quantidade de insultos aos quais você não deu atenção. Por um instante, você pensou em perguntar para a sua mãe se ela sabia em que vala ele havia sido jogado, mas imaginava que ela não responderia mesmo que soubesse. Você acabava de perder a corrida contra o tempo à qual havia se lançado. Àquela hora, o corpo dele devia repousar junto àqueles de uma dezena de outros anônimos. A partir de agora, cada minuto apenas o decomporia ainda

---

9. Prédio administrativo governamental no Cairo. (N. T.)

mais, assim na terra como no seu espírito. Você tentou gravar mentalmente o rosto dele, do qual não possuía nenhuma fotografia. Uma imagem que era preciso conservar a todo custo. Você estivera com ele há poucos dias e, no entanto, era como se não conseguisse reconstituir com precisão a delicadeza de seus traços. Sua voz, você se lembraria da sua voz? Se imaginasse por algumas horas, quanto tempo seria necessário para que esquecesse para sempre a covinha que se formava quando você o fazia rir, o cheiro dos seus cabelos, a promessa feita à mãe dele de protegê-lo?

Os eflúvios das ruas do Cairo grudavam em suas narinas, atordoavam sua cabeça, dominavam sua garganta. Você deu alguns passos para se afastar da circulação e engolfou-se em uma viela que não conhecia. As costas pressionadas contra a fachada de um prédio, seu corpo relaxou sem que você o tenha comandado. Então, só então, você pousou sobre os olhos a sua mão direita, cujos dedos logo se tornaram riachos.

24

As semanas se sucediam, cada uma querendo ser a réplica, apenas mais sombria e ociosa, da anterior. Tudo havia sido limpo, consertado, posto no lugar. As paredes haviam sido repintadas. As provisões compradas novamente. Agulhas hipodérmicas, seringas, fios de sutura, gazes, ampolas, compressas... Todo o necessário para suturar, cuidar, tratar, curar. Os prejuízos resultantes da pilhagem da clínica, um mês e meio antes, mostraram-se, afinal, bastante superficiais. Não restava mais que uma vidraça quebrada na janela, que prometiam substituir há várias semanas. Amanhã, *inch'Allah*. Nos primeiros tempos, você ligava regularmente para que mandassem alguém, depois acabou desistindo. Afinal de contas, esse vidro quebrado não impedia a luz de penetrar, era apenas um lembrete do que acontecera. Uma testemunha do furor dos homens. Com o passar do tempo, ele não te causava mais nenhum efeito, como os pelos de Tarbouche que você ainda encontrava às vezes sob os móveis antes de se livrar deles com um movimento mecânico dos dedos sobre a lixeira.

Você oferecia menos consultas no consultório de Dokki, onde ninguém mais o acompanhava. Acontecia até de passar metade do dia sentado na clínica sem que nenhum paciente cruzasse a porta. Você poderia fechar por algumas horas e subir para encontrar Mira no primeiro andar, mas não o fazia. Sua presença no térreo até tinha tendência a se prolongar. Você só ia para casa quando estava escuro o suficiente lá fora para que ninguém mais notasse a vidraça quebrada.

Quanto ao resto, sua atividade se dividia entre as intervenções semanais de neurocirurgia no hospital americano do Cairo e os plantões no Mokattam. As primeiras por necessidade, as outras por hábito. Aconteceu de você faltar; da primeira vez, os moradores demoraram quase duas horas antes de voltar para casa, a um só tempo resignados e preocupados com essa ausência anormal. Você deduziu isso no dia seguinte ao reconhecer os filhos dos catadores passando em frente à sua casa. Eles estavam muito longe do parque infantil habitual para que se tratasse de um simples acaso. Provavelmente tinham sido mandados pelos pais para se certificarem de que nada tinha lhe acontecido. Você nem ao menos sorri diante do paradoxo de pacientes preocupados com a saúde do médico deles. Soube nos dias seguintes que uma clínica islâmica estava sendo construída a algumas dezenas de metros do seu dispensário. Na verdade, tudo lhe parecia vão.

O diálogo com sua mãe estava rompido desde a briga, e Nesrine não tentava mais ser intermediária entre vocês. Era curioso você encontrar certa paz no silêncio que se instalava. Um fosso de natureza totalmente diversa foi sulcado com Mira. Ela parara de viajar, percebendo que a magia fugaz do retorno não funcionava mais. Armários de comida e garrafas de água sanitária continuavam a esvaziar-se a uma velocidade vertiginosa que você tomava o cuidado de não notar. Uma renúncia da sua parte, covarde e culpado, que não podia perdurar. Cada dia o aproximava da discussão que você evitava começar; Mira teve a coragem que te faltava.

Nesses momentos, o que é dito não tem muito interesse. É o resto que conta. Ela tentou, com delicadeza, quebrar seu silêncio. Isso o surpreendeu: nada de cena, nada de exaltação. Ela parecia pesar cada uma das palavras que pronunciava, descrevendo da melhor forma o que sentia e evitando jogar toda a responsabilidade em você. Por instantes, a emoção vinha sufocá-la. Com a ponta dos dedos, ela espalhava as lágrimas pelo rosto, inspirava profundo e continuava. Sua mágoa era sincera; você podia imaginar a intensidade, conhecia a causa. Estranhamente, não foi tanto essa dor que o tocou, mas a vontade de poupá-lo. Ela não buscava um culpado, apenas uma saída. Ainda o amava.

O que você tinha a lhe oferecer em troca? Nem desculpa verdadeira, nem explicação. Monossílabos, "Não sei", "O que você quer que eu diga?". Havia muito tempo que você tinha desistido. Ela queria saber em que ponto vocês estavam, como se se tratasse apenas de determinar coordenadas geográficas. Você mesmo sabia em que ponto estava? Há respostas para tais perguntas? Observou a dor dela sem tentar alcançá-la; os sofrimentos de ambos tinham se tornado tão distantes que nunca mais se confundiriam. Ela não pronunciou o nome de Ali, talvez esperasse que o assunto partisse de você. Simplesmente não partiu.

Os homens são nômades fixados. Eles podem perfeitamente atravessar a existência escondendo de si essa realidade. Persuadem-se então de que o tempo não conta, de que o espaço se fraciona em partículas e que essas partículas se adquirem por títulos de propriedade. Órfãos da imensidão, eles morrem sem ter vivido. Mas assim que essa verdade lhes aparece de repente, que escolhe lançar sua luz crua sobre o cotidiano, qualquer comprometimento da liberdade deles se torna insuportável.

Com o olhar baixo de quem recua, você acaba por evocar Montreal pela primeira vez. Tinha se informado acerca das formalidades de imigração para o Canadá. Partiria até o final do mês.

Isto ficou claro para ela: as semanas que ela passara tentando compreendê-lo, você dedicou a organizar a própria fuga. À medida que você lhe descrevia o projeto, o rosto de Mira crispava-se. A incredulidade dela transmutava-se cada vez mais numa máscara de ódio frio. Muitas vezes você tentou imaginar a reação dela quando mencionasse sua partida, mas a intensidade o impressionou. Um pensamento novo nasceu então, uma espécie de presságio que o tirou do entorpecimento em que se refugiava há mais de um mês: o temor de que ela voltasse essa violência contra si mesma. Mira-Antígona. Esse pensamento o aterrorizou. Ele refletia de você mesmo uma imagem de uma evidência cruel: a de um homem, artífice de seu próprio infortúnio, levando à perdição cada um daqueles que amou.

Você improvisou então esta frase estúpida, estas palavras sem honra, esta pergunta de resposta perfeitamente previsível, mas que estava destinada apenas a conjurar a visão que acabara de nascer em você:

— Você quer ir?

O desprezo deformou sua boca. Ela o encarou e você sentiu nela a agitação abafada dos vulcões da Armênia.

— Ir para quê? Para acompanhar quem? Um desconhecido?

***

A vida é assim: com o mesmo gesto, pode-se demonstrar coragem com relação a si e, ao mesmo tempo, uma imensa covardia com relação aos próximos. Você foi embora na véspera de um Natal que elas desistiram de comemorar. Não pediram à Fatheya para cozinhar a tradicional *shushbarak* de Ano-Novo, aqueles raviólis recheados de carne que vocês repetiam até alguém dar de cara com uma moeda do rei Farouk que sua mãe escondera em um deles. Nos meses seguintes aconteceriam as eleições legislativas, que o presidente jurava serem livres e honestas. Que te importavam as promessas do país que você deixava?

Você partiu como se parte por muito tempo, deixando para trás uma língua que cessará de viver ou um apelido que ninguém mais pronunciará. Não procurou dar importância desmedida àquilo que deve permanecer uma acumulação de detalhes. Uma porta que batemos sem saber se a abriremos de novo, um prato que ignoramos se encontraremos lá, uma lista incompleta (forçosamente incompleta) de pessoas que não avisamos da partida... Você começou a juntar algumas fotos na esperança de um dia conseguir olhá-las com mais felicidade do que vergonha. Uma sua, entre seus pais, numa época em que a vida nada dizia da adversidade que ela encerra. Outra de sua irmã, o rosto hesitando entre a adolescência e a idade adulta. Mais uma sua, diante do dispensário que era seu orgulho. Você ficou pensativo diante da fotografia de Mira exibindo seu sorriso e seu vestido de noiva. Não tinha nenhuma de Fatheya — por que se fotografariam com a empregada? —, nenhuma de Ali, evidentemente. Acabou recolocando todas no álbum de família do qual as tinha retirado e o guardou na prateleira, de onde não deveria ter saído.

Você cumprimentou sua mãe, que respondeu com um movimento de cabeça que podia significar mil coisas ("meu filho, quando te verei de novo?", ou então "veja aonde sua teimosia te levou!", ou ainda "você ao menos se perguntou o que será de nós sem você?", ou afinal nada disso, ou, por que não, todas essas possibilidades). Você abraçou Nesrine sem dizer nada, como se as palavras não devessem se empenhar em responder às lágrimas. Disseram que Mira fora para a casa dos pais alguns dias antes e você não procurou saber se era verdade. Nunca terminou a carta que tinha começado a escrever para ela; de que serve tentar explicar o que você mesmo não compreende? Quebrando seus votos como se tivessem pertencido apenas a você, abandonou-a aos seus insolúveis arrependimentos. Ela se perguntaria por muito tempo como deveria ter sido para que você não deixasse de amá-la.

Ao se voltar para fechar a porta, você notou uma silhueta lhe dizer: "E eu? Você não me diz adeus?". A vergonha injetou sangue em suas bochechas encovadas pelas últimas semanas. Você fez um movimento na direção dela, mas Fatheya o repeliu com um movimento rápido. Sua voz sufocava com inflexões que você desconhecia nela.

—Você ia mesmo partir como um ladrão? Quem de nós te ensinou a pisotear assim aqueles que te amam, hein? Quem?

— Perdão, Faty, estou exausto...

Ela se acalmou, aproximou-se de você e envolveu seu corpo desprovido de qualquer resistência. Falava com você como à criança que você desejaria nunca ter deixado de ser.

— Tarek, não tenho certeza se você é realmente capaz disso, mas cuide-se, está bem?

— Você também... e cuide delas.

Ela te abraçou energicamente com os braços acostumados às tarefas ingratas, até sentir a emoção dominá-la. Então fez aquele movimento impaciente com as mãos que habitualmente reservava às moscas que saracoteavam em volta das suas panelas. Era preciso partir.

***

A casa, o táxi, o aeroporto, o avião, o aeroporto, o táxi... A neve cobria as ruas desta cidade desconhecida com uma suja película cinza que logo se tornaria familiar. A partir desse dia, você se tornou um estrangeiro em toda parte.

25

Montreal, 1988

— Você não deveria ter vindo.
— Por que, você não gostou?
— Sim, claro... Quis dizer que não precisava ter se preocupado.
— Porque é preciso estar preocupada para visitar o irmão?
— Não, claro que não...
Nesrine se calou. Seus silêncios eram uma tela estendida sobre a qual o passado projetava suas imagens. Fazia quatro anos que você não a via. Precisou de um instante de reflexão para calcular. O tempo tinha se distendido pouco a pouco desde a sua chegada. No início, você teve que acompanhar rigorosamente os meses de permanência nesse território desconhecido, cujos diferentes níveis administrativos lhe pediam contas no âmbito dos procedimentos de imigração. Depois, à medida que obtinha os documentos, essa obsessão dos meses adquiridos dissipava-se. Seus colegas quebequenses evocavam de memória os cinco ou seis últimos invernos, lembrando-se das características de cada um (aquele em que foi preciso esperar o Natal para que a neve se fixasse no chão, aquele outro em

que as chuvas congelantes desafiaram os espalhadores de sal, e o último, no qual, segundo os especialistas, caíram flocos de algodão até abril). Você, por sua vez, havia perdido a conta. Nenhuma cidade se transforma tanto de uma estação para outra como Montreal. Mesmo a isso você era insensível.

    Foi necessário recomeçar a carreira do zero ao chegar. Como os diplomas egípcios não eram reconhecidos, você não podia se estabelecer como médico. Considerou, portanto, se tornar enfermeiro. Ainda que superqualificado para tal função, você tinha recebido uma negativa por parte do sindicato sob a alegação de que não possuía diploma de enfermeiro. Na falta de coisa melhor, você se rebaixou a um cargo de auxiliar de enfermagem, já que esse não era regido por nenhum órgão profissional. Ocupou essa posição por seis meses, o tempo para obter sua equivalência. Sem conseguir validar sua residência médica feita no Cairo, você também a retomou no local. As boas notas lhe permitiram fazê-la em cirurgia, que era, aliás, a sua especialidade. Um ano mais tarde, ingressou na residência do hospital universitário. Você contava isso a Nesrine, que apenas perguntara se você gostava do seu trabalho. Vendo que ela se perdia em meio aos detalhes que não lhe diziam nada, você interrompeu o relato do seu percurso com um "sim, as pessoas são gentis". Um vago aceno de cabeça fez vibrar os cachos dos cabelos negros dela.

Você se lembrava de um homem do Mokattam que fora acometido por uma pneumonia e para quem cada respiração tornara-se um desafio. Outrora, conversar com Nesrine era tão natural quanto respirar, mas, assim como o fôlego reduzido daquele homem, agora parecia que você tinha que sopesar cada palavra. O Mokattam estava tão distante de você quanto sua irmã parecia estar naquele exato momento. Ela enfiou-se debaixo de uma manta sem cor que estava no sofá.

Pesados minutos se arrastaram; você quebrou o silêncio:
— Vamos jogar?
Nesrine fez um movimento repentino que contrastava com o entorpecimento do seu corpo.
— O que você quer jogar?
— Você sabe muito bem — disse você com voz mansa.
— Vamos lá, é você que adivinha.
Ela soltou uma expiração que lhe fez tremer as narinas.
— É uma mulher?
— Não.
— Um personagem fictício?
— Não.
— ... da família?
— Também não.
Ela ergueu os olhos para o alto como para mascarar o fato de que começava a se envolver no jogo.
— Um político?
— Não.
— Cantor, ator...?
— Não.
— Egípcio?
Você assentiu com a cabeça.
— Ah, agora sim! Ele aparece na tevê?
— Não.

— Um amigo da família?

— Não.

— Ué! Ele não é conhecido e não é da família nem amigo, como você quer que...

Ela interrompeu-se antes de retomar com uma voz desapontada:

— Morto?

Você assentiu e os olhos dela perderam o brilho:

— Tarek, por que está trazendo esse assunto de volta...?

— Só posso responder com sim ou não até você dizer o nome.

— Muito bem. — Ela endureceu de repente. — Essa pessoa destruiu a nossa família?

— Nesrine...

— Ah sim, desculpa, foi você quem destruiu. Já ele, deveria ter ficado no lixo dele.

— Pare...

— Você só responde com sim ou não, Tarek. Foi você quem quis jogar.

Ela parecia surpresa com o som da própria voz, como alguém que se assusta com a própria sombra numa ruela mal iluminada. Tranquilizou-se.

— Você se arrepende de tê-lo conhecido?

— Não sei...

— Sim ou não, Tarek?

— Não...

— Sabe o sofrimento que você nos causou?

— E eu? Você realmente acha que não sofri? Que não quis morrer?

Ela pareceu hesitar antes de fazer a última pergunta:
— Você o amava?
Sua voz estava embargada. Você sabia que a menor sílaba adicional romperia as barragens que ainda continham sua emoção.
— Amava ou não?

***

Purgado o abscesso, a cicatrização podia começar. Ela evocou o casamento dela ao qual você não compareceu, o filho que você descobriu pelas fotos. Você sabia que sua ausência a magoara. Tentava recuperar uma parte do tempo perdido perguntando-lhe sobre a vida dela. Fazia de conta que se enternecia com os relatos de jovem mãe, que estava ansioso para conhecer aquele com quem ela dividia a vida. Não que as histórias dela importassem, mas você estava feliz por reencontrar sua irmã, ouvir aquela voz familiar tirando a tristeza do seu cotidiano. O que vocês diziam um ao outro era, afinal, secundário.

Por vezes, censuras se infiltravam nos relatos dela. Você fazia de conta que não notava. Imaginava a solidão de sua mãe naquela casa que as partidas tornaram grande demais. Sua fuga havia sido uma afronta da qual ela não se recuperava. Sem que isso o fizesse sentir culpa, você compreendia que sua ausência ainda assombrava os muros da casa de Dokki. Você acabou se perguntando se o casamento de Nesrine não teria sido para ela um escape, um pouco como teu exílio no Quebec. Ela se casara aos trinta e cinco anos, o que era tarde para o Egito dos anos oitenta. Você não saberia dizer que peso o amor, o medo, a usura e a razão tiveram na escolha dela. Perguntou-se furtivamente se ela não teria construído uma família para que sua mãe ainda pudesse se agarrar ao futuro que tinha imaginado. À medida que o relato dela avançava, você tomava consciência de que ela havia sofrido com a atenção que os pais te reservavam, com a ambição que eles tinham quase que exclusivamente depositado em você. Todos esses anos, jamais tinha suspeitado que sua irmã invejava aquilo que tinha sido apenas um fardo para você.

Você ergueu com delicadeza o véu sobre o seu cotidiano. Não sabendo por onde começar, contou-lhe sobre o dilúvio que se abatera sobre a cidade no ano anterior. Os esgotos transbordados, os veículos tomados pelas águas, a autoestrada Décarie transformada em uma gigantesca piscina... Sua irmã só conhecia a neve por meio das montanhas libanesas para onde vocês tinham viajado com os pais, então você tentou descrever o inverno quebequense. Contou sobre essa província que se sonhava um país. Para fazê-la rir, até tentou imitar o sotaque tão diferente daquele com que cresceram. Ela acabou sorrindo.

Nesrine ficou surpresa por você não ter retomado o contato com as famílias levantinas do Egito que, às centenas, tinham escolhido imigrar para Montreal. Tinha amigos aqui? Você aquiesceu evasivo. Alguém na sua vida? Ela não teve coragem de fazer a pergunta. Então você abordou a associação que acabava de ser criada para acompanhar pessoas acometidas pela doença de Huntington e na qual era voluntário. Ela não sabia exatamente por que você tinha escolhido essa causa, mas sentiu que isso lhe era muito importante. Você, que tinha falado de tudo, agora falava enfim de si. Foi breve, mas isso a comoveu.

***

Você tinha o hábito de correr no domingo de manhã. Ela não o ouvira entrar e você não quis interromper a conversa dela. Foi no momento de desligar que ela descobriu sua presença. Você respondeu ao sobressalto dela com um sorriso. Não sabendo se você estava ali há muito tempo, ela tomou a iniciativa.

— Era a mamãe.
— Ela está bem?
— Sim, te mandou um beijo.

Você quase soltou uma frase do tipo "Olha só, ela descobriu meu número de telefone?", mas se conteve. Você era tão culpado desse silêncio quanto sua mãe, e não seria Nesrine quem os desempataria. Os últimos dias tinham apaziguado suas interações, você fazia questão de preservar essa trégua. Você foi tomar banho.

A hora que se seguiu foi de poucas palavras, depois ela acabou anunciando que encurtaria a estadia.

— Você não ia embora daqui a uma semana?
— Não, é hoje.
— Eu fiz alguma coisa de...
— Claro que não, não diga bobagens.
— Fico feliz em te ver, sabia?
— Eu também, Tarek... Eu também.

Você aprendera a fingir não notar quando ela estava prestes a chorar. Abraçou-a, certamente por reflexo. Os dedos dela afundaram-se no vão do teu dorso como que para agarrarem-se a esse instante. Você se reviu furtivamente, na praça Montaza, brincando com ela para ver quem segurava a água do mar na palma das mãos por mais tempo. Suas mãos eram maiores, mas às vezes você afastava os dedos para deixá-la ganhar. A brincadeira não durava mais que alguns segundos.

— A que horas é o seu voo? Talvez a gente tenha tempo para tomar um brunch juntos, conheço um bom lugar. Não é o *foul* da Fatheya, mas as omeletes deles são excelentes.

— Gentileza sua, mas meu táxi não deve demorar.

— Não há nada que te faça mudar de ideia?

Ela não respondeu. Os últimos vestígios de sorriso tinham desaparecido do seu rosto. Ela devolvia seu silêncio e você contemplava a extensão do fosso que permanecia entre vocês. Não seriam os neons gritantes de uma *diner* norte-americana nem a evocação das favas com especiarias mal dosadas da sua infância que bastariam para preenchê-lo. Seu passado os unia tanto quanto separava.

Sua mão direita liberou a dela da alça da mala. Você a acompanhou com calma até a entrada do prédio. Ao abrir a porta, o barulho da cidade deu um pouco de vida aos seus últimos instantes. Apoiada na parede, ela olhava distraída o trânsito.

— Eu me lembro de quê?

Você não entendeu. Ela explicou:

— Nas placas dos carros.

— Ah, sim, é o lema do Quebec. Perguntei um dia a um colega o que queria dizer, ele apenas deu de ombros. Acho que ninguém aqui se lembra do que deveria lembrar; talvez seja melhor assim, afinal...

— Talvez...

O táxi tinha acabado de chegar. Ela o abraçou enquanto o motorista punha a bagagem no porta-malas. Tinha esperado o fim irremediável para dizer:

— Você não me perguntou como está Mira...
— Aconteceu algo com ela?

Você se sentiu um estúpido. Não saberia dizer se tentara evitar o assunto ou se, ao contrário, esperava que Nesrine falasse dela. Mira. Esse nome expressava melhor que qualquer outro a consciência pesada que você enterrava há anos. Ela conhecia seus amores, suas covardias, seus arrependimentos, seu egoísmo. As palavras que você não pronunciara antes de partir, os gestos que poderiam tê-la acalmado. *Aconteceu algo com ela?* Você sabia muito bem o que lhe acontecera por sua culpa. Nesrine acomodara-se atrás do veículo. Absorto em seus pensamentos, você não percebeu o adeus que ela te dirigia com a mão. Agora você tinha certeza de que ela partia sem ter conseguido dizer a razão da vinda.

26

Cairo, 1999

O cominho, a poeira (já), o coentro, a gasolina, os asnos, seus dejetos, a areia, a poeira (de novo), o suor, o cardamomo, os gases de combustão, as cebolas fritas, o lixo queimado, as favas quentes, o jasmim, a poeira (obstinada), o asfalto tornado de novo viscoso sob o reinado indiviso do sol. O Cairo era uma persistente presença olfativa que uma infinidade de elementos compunha. Não nos damos conta dessas coisas até o momento de reencontrá-las. Antes, elas não são; sua abstração é semelhante à das batidas do coração. Elas são vitais, mas invisíveis. Só existem a partir do momento em que vivemos sem elas. Voltam então com uma violenta evidência, tão invasoras quanto outrora sua presença foi anódina. Naquele exato momento, elas eram o Cairo para você.

Você foi tomado por uma vertigem ao descer a escada móvel que levava à pista de pouso do aeroporto internacional do Cairo. Bastaram alguns passos fora do avião para sentir as pernas bambearem. Você se agarrou ao corrimão enquanto o passageiro da frente pegou a sua mala por um triz. O *khamsin* tingia de ocre o céu da capital. Ele dava à paisagem um ar de cartão postal amarelado. Os instantes que você estava prestes a viver já tinham a aparência de lembranças desbotadas. Indiferente aos seus pensamentos, o vento continuou a arrastar a areia ardente entre dois desertos. Você não procurou outra explicação para o olhar subitamente úmido e a respiração opressa.

O mesmo nome e sobrenome, mas ninguém à volta para pronunciá-los sem escorchá-los. Isso também é exílio. O mesmo nome e sobrenome era quase tudo que você tinha em comum com o homem que era. Fazia quinze anos que você não pisava no solo empoeirado do seu país. Quinze anos passados a esquecer metodicamente a polpa branca dos melões de Ismaília, o estacionamento do Palácio onde desfilavam as imagens dos filmes americanos projetados no telão distante, as fitas cassete de Fairuz e Piaf que sua mãe punha para tocar durante as refeições, as carroças margeando a cornija de Alexandria, o gosto dos primeiros ouriços do ano na praia de Agami...

Você tinha cinquenta anos e no fundo sabia que era a última vez que voltaria ali.

Sua mãe tinha morrido três dias antes. A voz dilacerada de Nesrine ao telefone o tinha comovido, talvez até mais do que a notícia em si. Na verdade, fazia muito tempo que você se sentia órfão. Tinha declinado o convite de sua irmã para dormir na casa dela. Decepcionada, tentou convencê-lo: lhe apresentaria o filho, ele ficaria muito contente em conhecer o tio. Você se viu outra vez, na idade dele, obrigado a responder às perguntas desesperadoramente parecidas de adultos que lhe eram apresentados como tios e tias daquelas famílias orientais de contornos extensíveis ao infinito. Recitar, sob o olhar vigilante dos pais, que não lhe faltavam nem amigos nem boas notas em matemática e que você queria ser médico ("como o pai", apressavam-se para completar se você não dissesse de forma espontânea). Quem poderia crer que uma criança de doze anos se regozijaria de conversar com um adulto que lhe é perfeitamente desconhecido? Você não retorquiu; ela não insistiu.

Como você a fez prometer, ninguém viera buscá-lo no aeroporto. Você pediu em inglês para um taxista te levar à casa da sua infância, onde não vivia mais nenhum membro da família. Tomando-o por um estrangeiro, ele demonstrou uma notável criatividade na multiplicação de desvios desnecessários para alcançar o bairro onde você passara a maior parte da vida. Pouco importava, você era, naquela noite, um turista que ninguém esperava. Ele tentou diversas vezes encetar uma conversa remendada em inglês e árabe à qual você replicava apenas com movimentos de cabeça polidos, fazendo de conta que não compreendia quando ele se dirigia a você naquela língua que não era mais a sua. Passando diante do salão de chá Groppi da praça Soliman Pacha, ele arriscou uma nova tentativa:

— *Hena Groppi, very good place, look!*

Com o indicador dobrado, ele batia freneticamente no vidro da porta e você fingia descobrir a fachada haussmaniana da confeitaria. Como ele poderia ter imaginado a quantidade de sorvetes que você e Nesrine tinham tomado ali quando crianças? O "Josephine Baker", o "Três Porquinhos", o "Bola de Neve". O mármore do piso, a escadaria que levava ao andar das recepções, o barulho dos talheres de prata que se entrechocavam... Você se entregava aos pensamentos quando ele compreendeu que não arrancaria nenhuma palavra de você. Ele ligou o rádio com um clique seco e resignado. Uma voz começou a recitar versículos que você não escutou.

As exéquias ocorreriam no dia seguinte. Com certeza você encontraria o marido de Nesrine lá. O que ele sabia sobre as razões da sua partida? Que palavras Nesrine tinha empregado para evocá-la? Talvez ele já soubesse de tudo antes mesmo que ela lhe contasse. Seu nome voltava nas refeições de domingo, na hora de repetir a *molokheya* de Fatheya? E os amigos da família? Aqueles com quem você crescera, aqueles de quem seu pai cuidava, aqueles de quem você mesmo, depois dele, tinha cuidado. O Cairo inteiro estaria presente, que é o mesmo que dizer o Egito inteiro. Não é à toa que os egípcios jamais pronunciam o nome da sua capital; preferem chamá-la de "Egito", conferindo à sua cidade-país tudo o que essa abreviação assume de impessoal e de gigantesco ao mesmo tempo. O que pensariam ao te ver? O que seus olhares traduziriam ao descobrirem tua presença? Será que você seria realmente tão indiferente quanto quis se convencer ao comprar a passagem de avião?

27

O que havia sido a clínica de seu pai, muito antes de se tornar sua, era agora uma loja de roupas. Você olhou para a fachada onde se perfilavam vestidos e ternos inspirados de leve na moda ocidental. Agora ali vendiam coisas para cobrir grosseiramente os corpos que outrora você aprendeu a tratar. Por alguns instantes, você fitou a vitrine onde se amontoavam manequins inexpressivos, depois se virou e foi embora.

A escada central tornava-se difícil para ela subir. Sua mãe acabou, portanto, concordando com a ideia de se mudar para um daqueles edifícios dos anos trinta com elevador. Com horror a qualquer ideia de rebaixamento de classe, ela se recusara a se desvencilhar da casa familiar de Dokki. Transformou-a em apartamentos para locação. Além do espaço comercial do térreo, havia quatro imóveis no total: dois por andar. Apenas um deles, no segundo, permanecia vago. Incapaz de se decidir a abandonar totalmente o local, sua mãe o tinha conservado para receber visitas. Ao menos era o que ela alegava, pois, na prática, ninguém antes de você tinha dormido ali.

Nesrine não disse que gostaria de reabrir com você a porta daqueles últimos metros quadrados sobre os quais sua mãe não reinaria mais. Você não teve a oportunidade de lhe dizer que preferia estar ali sozinho. Vocês não disseram nada um ao outro sobre o que realmente importava. Ela se contentara em entregar a chave ao porteiro.

Você destrancou a porta de entrada, o gesto hesitante e o casaco de um turista que imagina o mês de março no Cairo mais fresco do que de fato é. Eu gostaria de poder interpretar a expressão do seu rosto com certeza. De poder dosar com precisão o que havia de cansaço, nostalgia, tristeza, entusiasmo, renúncia ou indiferença em cada um dos seus gestos. Sem me dar tempo, você se transformou em uma sombra seguindo desajeitadamente a do porteiro antes de desaparecer no edifício de paredes escurecidas pelo tempo.

Fazia quatro anos que ela deixara a casa e, no entanto, você poderia jurar que o cheiro da sua mãe ainda impregnava o apartamento. Ela nunca quis mudar de perfume. Há anos Caron não produzia mais seu *Infini*, mas ela tinha conseguido arranjá-lo até seu último dia, só Deus sabe como. Nada superava suas vontades; *Infini* assentava-lhe perfeitamente. Você escancarou a persiana e o ar de fora precipitou-se como um Exército inimigo na primeira brecha de um império decadente.

O apartamento parecia maior do que aquele que você ocupava à época em Montreal e você mal acreditou que se tratava, de fato, da metade do andar que sua mãe e sua irmã dividiam na época, acima daquele em que Mira e você viviam. Você sentou-se no sofá que ficava de costas para a janela. Do lado de fora, era objetivamente impossível discernir sua mão acariciando o assento, como se estivesse à procura de um resquício de calor humano que a morte esquecera de levar e, no entanto, tenho certeza de que a vi. De olhos fechados, eu o imaginava movendo-se por aqueles cômodos, tentando recobrar as lembranças dos lugares tais como os conhecera. Aqui, um corredor reduzido para acomodar um banheiro; ali, um quarto ocupando a metade da área anterior dos proprietários.

Nunca estive tão perto do que imaginava; na verdade, eu estava quase lá. Você empurrou a porta; o cômodo estava arrumado. Quem fizera a cama pela última vez? Fatheya, provavelmente. Seu olhar desistiu de se prender ao menor enfeite, exausto de procurar o que tinha mudado em quinze anos. Um arrepio de culpa originou-se no seu pescoço antes de se espalhar furtivo ao longo de sua coluna vertebral. Quando pequeno, você não tinha permissão para entrar no quarto dos seus pais na ausência deles. Você deu alguns passos em direção a uma cozinha que não existia naquela época. Tudo estava arrumado com cuidado, exceto as cartas empilhadas sobre a mesa.

Seu nome estava traçado com a mesma caligrafia em cada um dos envelopes. O canto superior esquerdo abrigava as coordenadas do remetente. E o nome dele. Ali.

Você sentou-se devagar, como se o cômodo estivesse repleto de substâncias perigosas que um movimento em falso poderia derrubar. O relógio de bolso de seu pai estava sobre a pilha de envelopes para impedir que voassem. Bem ao lado, uma tigela cheia de *Om Ali*. A pessoa que os pusera lá sabia o que estava fazendo. Apoiando-os lá, *eu* sabia o que *eu* estava fazendo. Meu coração era um pássaro cujo cativeiro parecia, de repente, insuportável; ele se projetava violentamente contra as muralhas da caixa torácica. Sei que acontecia o mesmo com o seu e que, naquele exato momento, ambos batiam ao mesmo ritmo, frenético e irregular. Cada um por suas próprias razões.

As cartas estavam empilhadas em ordem cronológica, a mais antiga no topo da pilha. Ela não continha o endereço do destinatário. Uma data fora acrescentada à mão. Uma outra mão. Março de 1991. Sete anos depois da morte de Ali. Sete anos depois de sua partida para Montreal. A mais recente fora enviada pelo correio. O carimbo indicava "outubro de 1995".

De repente você se sentiu espionado, habitado pelo pressentimento de que o autor daquela encenação ainda poderia estar presente no apartamento. Os pés da sua cadeira fizeram gemer as ripas do piso. Você lançou-se à procura de um possível intruso que o estaria observando desde a sua chegada. Penetrando no quarto de sua mãe, o filho, cujo ruído dos passos outrora não devia denunciar a sua presença, dera lugar à fera em busca de uma presa escondida. Sua mão abria violentamente os armários, inflando de ar os tecidos pegos de surpresa, fazendo ranger os cabides nas hastes. Metal contra metal. Tudo lhe parecia suspeito. Você agitava ruidosamente uma chave na fechadura de um grande baú vazio. Metal contra metal. As maçanetas das portas cediam a seus assaltos. Metal. Você acabou se convencendo de que estava só no apartamento. Só com aquelas cartas. Não era o lugar para lê-las. Você as guardou num envelope que continha coisas sem importância, pois nada mais tinha. Eflúvios de *Infini* dominavam o ar, obstinados e persistentes. Metálicos.

Você fechou a porta do apartamento com desconfiança. Seus gestos eram nervosos, você se sentia vulnerável, as costas expostas ao corredor. Uma vizinha abriu a porta no primeiro andar. Você sobressaltou-se. Eu espiava sua saída do prédio.

Eis como as coisas se passariam: eu fingiria estar ali por acaso. Me aproximaria de você, pediria orientações. Seria preciso um endereço do qual você se lembrasse? Cheguei à conclusão de que sim; dessa forma você pararia para retraçá-lo mentalmente e começaria a me indicá-lo. Mas não deveria parecer suspeito. Não, de jeito nenhum. Um endereço insignificante. Isso mesmo, um endereço insignificante que você saberia localizar. Eu lhe furtaria esse instante de reflexão. Roubaria-lhe um olhar, algumas palavras, o odor de seu hálito. Para mim, eles teriam um valor equivalente ao que poderiam ter para você as cartas de que acabei de me desfazer. Seria uma troca justa. Será que teria dúvidas ao me ver? Uma espécie de pressentimento? Um instinto? Eu encontraria, então, no fundo do seu olhar incrédulo, a coragem para te oferecer uma bebida num lugar calmo e conversaríamos. Eu contaria tudo. Tudo o que eu sabia. Tudo o que eu imaginara. Eu te contaria sobre sua ausência. Te contaria sobre minha espera. Você me explicaria por quê. Seria um outro nascimento e você assistiria a ele. Eu viria ao mundo definitivamente. Não deveria, em absoluto, chorar antes de ter lhe contado tudo. Não antes de lhe dizer "papai". Não antes que você me diga "meu filho".

***

Eu o vi no vão da porta. Você saiu. Aproximei-me para pedir orientações. As palavras entrechocavam-se na minha mente. Todas queriam te alcançar, mas nenhuma saiu. Você me repeliu com violência. Quase corria. Não se voltou. Desapareceu. Ciente de que perdera minha primeira chance de falar com você, deixei desmoronar o corpo que não pudera emitir a menor frase quando ainda havia tempo. Gostaria de ter me dissolvido em minha própria impotência.

EU

28

Cairo, 1996

Todas as cartas tinham sido abertas. As mais antigas por sua mãe, minha avó, Vovó; as mais recentes por mim, que as descobri empilhadas na mesma gaveta. Eu as li a ponto de poder recitá-las. Nem sempre as compreendia, mas elas falavam de você: era o suficiente para que me lembrasse delas.

Seguimos Vovó no momento da mudança. Tínhamos enfim encontrado a moradia que atendia às suas necessidades: a um só tempo disposta em um único andar e acessível por elevador. Minha mãe e eu morávamos na parte lateral direita, que comportava um quarto de hóspedes onde tia Nesrine às vezes passava a noite; Vovó ficava na outra extremidade. As duas alas se uniam em torno dos cômodos principais: sala de estar, cozinha, sala íntima, sala de jantar, banheiro. Os móveis que tínhamos conservado de Dokki pareciam desproporcionais para esse apartamento, apesar de seu tamanho razoável. Era preciso ter conhecido a mansão para entender a presença, na sala de jantar, do enorme lustre cujas proporções não combinavam muito com o pé-direito baixo. Nossos pratos chocavam-se regularmente contra os pingentes de cristal num tilintar que exasperava minha avó.

    Eu gostava de aproveitar a ausência dela para vagar por seus aposentos. Eu me apoiava na parede externa do quarto dela, com um livro na mão, até que ela me descobrisse lá. Nada justificava a minha presença. Nada a proibia. Isso me bastava. Não tinha doze anos quando remexi sua gaveta pela primeira vez. Normalmente ela estava fechada, mas, naquele dia, a chave estava na fechadura. Esse tipo de negligência não era costume dela. Foi então que descobri as cartas. Não me lembro mais da data exata em que isso aconteceu, mas deve ter coincidido mais ou menos com aquela indicada na mais recente delas. Guardei a chave da gaveta. Temia que Vovó percebesse, mas ela nunca tocou no assunto. Na verdade, eu não senti nenhuma culpa especial. Tinha consciência de que não deveria ser visto, que o fato de ser descoberto ali, lendo as cartas, só poderia se voltar contra mim, mas nem por isso me sentia culpado. Isso constrangeria mais a pessoa que me descobrisse. Afinal, aquelas cartas me pertenciam um pouco: eu não era o que tinham encontrado de melhor para preencher sua indizível ausência?

    Foi depois que me perguntei se, no fim das contas, elas não estavam todas a par das minhas leituras clandestinas no quarto de minha avó; uma espécie de farsa que as teria unido sem meu conhecimento, uma distração naquele teatro sufocante em que assistíamos, diariamente, à mesma representação: uma só e única peça em que não acontecia quase nada e que poderia durar uma vida inteira. Assim que envelhecessem, as atrizes se esforçariam para recitar seu papel, para se perder em vãs peripécias que não serviam na realidade para nenhuma intriga.

Vovó, a combativa, atriz trágica por excelência. Aquela cuja filha apelidava de "Napoleã", provavelmente tanto por seus métodos autoritários quanto por seu aspecto nervoso e conciso. Aquela que teria marcado a história com dramas épicos, conquistas gloriosas e alianças rompidas com diabos, papas e imperadores — lista não exaustiva — se o destino lhe tivesse concedido o status ao qual seu temperamento a predestinava. Aquela que, apesar de não ter nascido imperatriz, contentava-se em exercer sua ascendência à escala reduzida de seu entorno imediato. A História demonstrara uma cruel falta de audácia nesse ponto.

Nesrine, a filha dela, sua irmã, minha tia: eterna coadjuvante. Aquela que teve a intuição de partir, casar-se (inútil redundância: como partir de casa a não ser se casando quando se é uma jovem egípcia do entre milênios?), ter um filho, buscar fora o oxigênio e a luz que progressivamente escasseavam na casa familiar e compartilhá-los comigo ao sabor de suas visitas. Aquela que soube cumprir o pouco que esperavam dela. Aquela que conseguiu preservar a alma desperta e o sorriso travesso.

Mamãe, Mira-Diáfana, protagonista que se tornou figurante, resignada sem que se soubesse dizer como ou por quê. A doçura desconfiada, o rosto apagado por medo de que ele iluminasse os sulcos cavados pela decepção. Aquela cuja alma esvaziara-se de toda alegria, como um trapo que se torce depois de usado. Aquela que lamentávamos, que não merecia isso. Como se a felicidade fosse atribuída por mérito, por um ajuste contábil em que um retribuiria o outro em justa medida.

E Fatheya, sopradora do meu teatro. Aquela que pagávamos, pois esse vínculo transacional resume quase tudo. Aquela que estava lá para *fazer* (palavra que Vovó julgava severamente quando a descobria nas minhas redações de francês, pois cobre uma quantidade inverossímil de realidades, a ponto, ela dizia, de não significar mais nada). Fazer a faxina, a comida, a lavagem das roupas, as compras, as vênias à sua patroa e o chá para os convidados. Fazer a arrumação das franjas do tapete e dos copos de cristal. Fazer o mínimo de barulho possível.

No fundo, o drama dessa peça era lhe faltar invariavelmente seu único e verdadeiro protagonista: você.

Quanto a mim, minha tarefa limitava-se a lembrá-las de sua ausência. E da passagem do tempo. Eu era a luz delas, o maravilhamento, o assunto das conversas. O objeto de preocupações, às vezes. Era o prolongamento delas, uma forma de segunda chance, o cimento, uma desculpa para se verem, um pretexto para se telefonarem. Eu era a culpa delas, as renúncias, as pequenas covardias. Era a consciência pesada delas. Nunca me disseram isso, mas, de uma forma ou de outra, eu sei que me parecia com você.

Eu não compreendia essas cartas, mas gostava delas. Falavam de você. Eu ainda não me dava conta disso, mas eram ao mesmo tempo vergonhosas e sublimes. Redigidas no árabe entrecortado daquele que deve ter aprendido a escrever tarde. Tinham o traçado hesitante, a sintaxe maltratada, exalavam o esforço, a dúvida, o suor. Carregavam em cada palavra o temor de serem ridículas, perdidas ou interceptadas, de nunca te alcançarem. Cheiravam a papel ruim, à rasura e à falta. Jamais diziam "Eu te amo". Todas diziam "Eu te amo". Jamais diziam o que realmente diziam, mas, naquela idade, eu estava muito longe de entrever isso.

Elas começavam assim: "Tarek, espero que esteja bem. Sua mãe me disse que te contou tudo, que Deus a abençoe.

Ela me disse que você estava feliz e que tinha compreendido". Ou então assim: "Tarek, soube que você é um grande médico por lá. Entendo que não tenha tempo para me responder. Espero que não me queira mal". Uma delas trazia esta frase que destoava do restante: "Você ainda acredita nos fótons entrelaçados?". Todas terminavam com as mesmas três letras: Ali.

***

Naquela tarde de abril, eu tinha me sentado no chão do quarto de vovó. Fazia algumas semanas que tinha posto a mão nessa correspondência, eu devia ter onze anos. A moldura retangular da janela deformava-se numa mancha de luz projetada no piso, os contornos libertos de seus ângulos retos originais. Eu gostava dessa luz. De braços estendidos, submetia-lhe as folhas de uma missiva. Elas tornavam-se, então, translúcidas, traídas pela qualidade inferior do papel, e desvelavam a inversão das linhas manuscritas do verso. Nelas eu descobria, a cada página, o espaçamento desigual entre as palavras e a irregularidade de uma escrita que se espreme à medida que o espaço disponível escasseia. Nelas eu encontrava o traçado desgastado das últimas cartas. Aquelas em que a abdicação de toda esperança de resposta se sentia até na caligrafia de seu autor. Luz cruel. Eu me esforçava para adivinhar as palavras inscritas no verso de uma página quando surgiu a voz abafada de Fatheya:

— Rafik, chispa daqui, a Vovó tá chegando!

Arrumei as cartas correndo, dobrei as folhas de papel sobre si mesmas, que se danem as dobras erradas, fechei a gaveta num golpe seco e me afastei do móvel tagarela.

— O que é que você está aprontando aqui?

Não respondi nada. Não podia negar minha presença, eu estava lá. Inegavelmente lá. Culpadamente lá. Qualquer palavra teria deposto contra mim. Vovó me olhou, de pé ao lado da cama como um improvável pombal numa estrada deserta. Ela perscrutou meu rosto. Mudo, o rosto. Inspecionou minhas mãos. Vazias, as mãos. Senti uma espécie de preocupação atravessar sua mente. Uma intuição repentina. Ela olhou de novo meu rosto e minhas mãos. Suas narinas contraíram-se com uma fungada suspeita. Dirigiu-se à penteadeira, abriu os frascos, moveu os esmaltes, desrosqueou os batons. Tudo estava no lugar. Ela parecia ter recuperado a calma, por não achar o que estava procurando. Sua respiração desacelerou-se até retomar o ritmo habitual. Ela me expulsou com um aceno de cabeça. A sentença acabava de ser proferida; ela era de uma clemência inesperada. Saí.

***

Na verdade, Vovó tinha outras coisas com que se preocupar. Jacques Chirac tinha escolhido o Líbano e o Egito para sua primeira visita ao Oriente Médio. Como ela era libanesa pelo nascimento, egípcia pela permanência e, acima de tudo, francesa pela transcendência, seu espírito estava totalmente mobilizado por essa circunstância. Aliás, tinha ido algumas semanas antes ao quartel vizinho, onde a fanfarra militar repetia uma laboriosa *Marselhesa*, para lhes dar biscoitos amanteigados de pistache e suplicar que executassem com um pouco mais de respeito a partitura do hino francês. Em outras palavras, era preciso mais que minha simples estúrdia em seu quarto para embaciar seu humor.

Depois de ter me feito fugir às pressas, ela terminou de se arrumar, em seguida se afundou na poltrona da sala para escutar, nas melhores condições, o governante francês que se dirigia triplamente a ela. Nós estávamos no quinto e último dia de transmissão de sua turnê regional e ela não pretendia perder nenhum detalhe. Irritada com a voz que traduzia em árabe o discurso do presidente, ela se esforçava para discernir as frases em sua língua original. Ele prosseguia:

— Há países que, mais que outros, falam-nos, atraem-nos, inspiram-nos. Países cuja história, gênio, patrimônio suscitam em nós o sonho, a admiração e a emoção. Entre esses países, o Egito está em primeiro lugar...

— *Et la France!* — ela exultava na sala, como se devolvesse um elogio que ele acabara de lhe dirigir em pessoa.

Na cozinha ao lado, Fatheya repetia foneticamente *"Et la France! Et la France!"* ao mesmo tempo que imitava o patriótico indicador erguido da patroa. Ela me olhou, certa de seu efeito, depois deu um tapinha atrás da minha cabeça. Era sua forma de me absolver.

— E presta atenção da próxima vez!

As frases de Fatheya assumiam com frequência a aparência de advertências ou censuras, mas todas ocultavam a mesma ternura preocupada. Por mais sibilina que fosse, "prestar atenção" era a principal missão que ela me impunha desde a mais tenra idade. Isso recobria riscos cujas origens podiam variar desde adultos que me abordavam no perigo insuspeito da rua e que me espiavam assim que eu deixava as muralhas do seio familiar. Pensando bem, acho que era a primeira vez que também tive que prestar atenção *dentro* de casa.

— Eu estava lendo cartas do meu pai... Quer dizer, cartas enviadas ao meu pai. Digo isso, mas sei que você sabe...

Ela pôs-se a polir a geladeira para não ter que me responder.

— Por que não lhe enviaram as cartas? Algumas são antigas. De muitos anos, até. A vovó sabe onde ele mora, não?

A geladeira nunca estivera tão limpa, mas o pano de Fatheya prolongava sua dança frenética. Eu continuava meu monólogo.

— Quem é Ali?

O pano de prato ficou paralisado no ar.

— Ai, você está me irritando!

— Você sabia das cartas.

— Mas o que você quer que eu te diga?

— Você acha que me pareço com meu pai?

Ela pareceu surpresa.

— Você é teimoso que nem ele...

Não saberia de muito mais naquele dia. Saí da cozinha sem fazer barulho. Minha avó estava de costas para mim, ocupada demais absorvendo as palavras de seu presidente do coração para notar minha presença. Ele lhe oferecia a quimera de um Egito voltado para a Europa, de um mundo melhor a construir. Esse mundo parecia furiosamente o de ontem, o que ela havia amado tanto e desaparecera para sempre. O discurso prosseguiria ainda por alguns minutos antes que ela fosse obrigada a voltar à realidade de seu país, com uma francofonia exangue desde a partida de seus semelhantes. Deixei-a com suas ilusões.

***

O que sei de você, descobri com Fatheya. Nós esperávamos que as outras mulheres da família fossem atraídas por suas respectivas atividades para fora de casa para que eu lhe fizesse minhas perguntas. Sentava-me à mesa da cozinha enquanto ela preparava o almoço. Eu descia com mochila e cadernos, pronto para usar o pretexto do dever de casa se alguém nos surpreendesse. Vovó mostrava desconfiança ao me ver passar tempo com a empregada; eu me apressava para tranquilizá-la, argumentando que era melhor alguém se dedicar a vigiar a quantidade de temperos de Fatheya. Todo mundo admitia que ela tinha a mão pesada para os condimentos, nisso eu tinha uma desculpa válida. O que sei de você cheirava a alho e anis.

Fatheya falava como aquelas mulheres que de costume ninguém escuta e que descobrem tardiamente uma plateia. Ela dizia tudo o que lhe atravessava a mente, me ensinava gírias, me contava sobre seu desespero no dia da morte de Abdel Halim Hafez ("Mais de uma mulher se jogou da varanda, sabia? O amor, o país, a religião... ele era mesmo o único que sabia cantar tudo."), compartilhava seus estratagemas para caçar as galinhas que penetravam na mansão ("Você não faz ideia do tanto de penas que essas criaturas perdem quando entram em pânico!"), e eu teria dificuldade de encontrar um assunto sobre o qual ela não tivesse uma opinião formada. Entretanto, era raro que falasse de si mesma. Como eram os homens que ela tinha desejado? De onde vieram as crianças que tinham lacerado seu lóbulo puxando seus brincos? Ela nunca disse uma palavra sobre isso. Preferia me relatar as mesquinharias comuns de Vovó, dedicando uma predileção gulosa por esse tema que tradicionalmente iniciava com "eu não deveria te dizer isso, mas...", que ela julgava constituir o limiar de precaução retórica suficiente para introduzir as suas recriminações em relação à patroa. Ela sabia que eu não a denunciaria para a minha avó. Eu era seu exultório; ela, o atalho que me levava até você. Era dar e receber. Eu me esforçava para que ela voltasse a atenção para você, único assunto que me importava de verdade, embora tivesse consciência de que nenhum dique seria suficiente para conter as vagas digressivas de uma Fatheya plena de verve. Ela falava como cozinhava: a quantidade predominando sobre o equilíbrio dos sabores. Sempre foi excelente nos pratos cujo tempo de preparo não importava. Eu escutava paciente suas histórias sobre galinhas na esperança de que você acabasse tendo algum papel importante nelas.

 Não ousava fazer perguntas sobre você ao núcleo familiar. Eu via bem o efeito que isso provocava: o rancor de mamãe, um franzir de sobrancelhas de Vovó e, quanto à Nesrine, uma certa forma de incômodo. Suspeitava que tinha existido uma época em que a evocação do seu nome só despertava nelas amor e orgulho. O que você poderia ter feito para justificar essa reviravolta? Ao descobrir as cartas que minha avó guardava a sete chaves, tive certeza de que encerravam parte da resposta. Eu evitava evocar a existência delas por medo de me tornar, por minha vez, objeto do mesmo desamor. Para limitar os riscos de contaminação, decidi me ater àquilo que me diziam sobre você durante minha infância:

 Que você se chamava Tarek.
 Que você era o primogênito.
 Que você era médico (como seu pai).

Que você tinha partido para o Canadá.

Que foi muito bom assim.

Não me restava, portanto, ninguém além de Fatheya para tentar saber mais sobre esse pai que a vida me recusava. Minha mão quase adolescente pintava, o melhor que podia, um retrato pontilhista guiado pelas indicações esparsas dela. Fatheya repetia-se com frequência, contradizia-se às vezes, jamais reconhecia isso. Ela adaptava o relato ao meu humor. Você se elevava acima de todos quando ela sentia que eu precisava disso. Você era egoísta e um pouco culpado nos dias em que eu podia ouvir isso. Na hora de dormir, novas perguntas surgiam. Eu as repetia a mim mesmo para não as esquecer, em seguida as guardava na mesma gaveta mental das cartas de Ali. Tanto umas quanto as outras eram órfãs das suas respostas. Fatheya nunca se recusava a esclarecer minhas indagações. Ela às vezes tentava, é verdade, esquivar-se delas, mas as piruetas estabanadas não iludiam nem um pouco a criança obstinada que eu era. Por muito tempo acreditei que as confidências dela se deviam somente à ternura que ela tinha por mim, mas, refletindo melhor, acho que isso também a aliviava.

— E então, ele sabia que eu existia quando partiu?

A única vez que me arrisquei a perguntar isso à minha mãe, ela teve um acesso de raiva e, durante muito tempo, não tive vontade de perguntar de novo. Muitos anos depois, tentei novamente a sorte com Fatheya. Adotei um tom desinteressado. Era preciso que minha pergunta parecesse anódina, que se perdesse no meio das demais, como um transeunte nas ruas tortuosas do Khan el-Khalili. Fatheya balançou a cabeça em sinal de negação.

— E hoje, ele sabe?

— Não, Rafik.

— Por que ninguém contou para ele?

— Não sei. Sua mãe não queria, ela nos proibiu de mencionar sua existência para ele. Era isso ou ninguém te veria mais. Achava que Nesrine falaria com ele quando fosse visitá-lo, mas ela e sua avó acabaram fazendo o que Mira queria. Todo mundo pensava que ele acabaria voltando, que nesse momento sua mãe falaria com ele. Enfim, eu suponho. Afinal de contas, isso só dizia respeito a ela, você compreende?

Não compreendi, mas aquiesci. Houve um silêncio. Ela não sabia o que dizer; eu refletia sobre as implicações daquelas últimas palavras.

— Talvez isso não seja tão ruim, na verdade. Isso quer dizer que ele não me abandonou. Não se abandona alguém que não existe.

— Ah, sim! Ele abandonou bastante gente assim, hein! Sua mãe, Vovó... todos os que contavam com ele.

— Você acha que ele teria partido se soubesse da minha existência?

— Você me faz cada pergunta... Como vou saber? Acho que ele partiu porque não tinha mais escolha. Estava ficando complicado.

— Por causa do Ali?

Fatheya mobilizou todas as rugas do rosto num ar de advertência:

— Nunca repita esse nome na frente da Vovó! Nem de ninguém, hein. Você vai se meter numa encrenca e me levar junto!

— Então é por causa do Ali?

— Sim, sim, é como você diz...

— Você ainda não quer me dizer quem é?

29

Precisei começar a te escrever para que essa lembrança retornasse. Deve haver uma explicação para esses detalhes, aparentemente insignificantes, mas que esquecemos de esquecer. Nós íamos à praia de Montaza. Vovó alegava que não havia outro ar, a não ser o de Alexandria, que ela pudesse suportar no verão. Chegava com Nesrine, o marido e o filho deles, um ou dois dias antes de nós, para preparar o apartamento. Não sei bem no que isso consistia nem por que essa tarefa não era atribuída à Fatheya, mas parecia que isso convinha a todos.

Pegávamos a estrada cedinho e comíamos no carro enquanto minha mãe dirigia. O começo das férias tinha um sabor de queijo *Vache qui rit* grosseiramente esmagado num pão pita que Fatheya polvilhava preguiçosa com zaatar para sugerir a ideia de que havia cozinhado alguma coisa. Cada posto de gasolina me dava o direito de escolher uma guloseima: um acordo tácito para que eu ficasse quieto. Fatheya me levava até a loja enquanto mamãe enchia o tanque. Os wafers de baunilha vinham em pacotes de seis, embalados em conjuntos de dois. Mesmo assim, eram mais baratos que as barras de chocolate importadas do ocidente e vendidas à unidade. Não era preciso mais para que Fatheya escolhesse por mim sob este argumento superior: fazíamos valer nosso dinheiro. As poças de gasolina irisavam o asfalto com tons metálicos. Fatheya alegava que elas podiam pegar fogo a qualquer momento com o calor, desencadeando um incêndio que explodiria o posto inteiro (ela tinha visto isso na televisão). Eu tomava muito cuidado para que não entrassem em contato com minhas sandálias. Saltitava nos eflúvios inebriantes do combustível como se dança em um vulcão. Limpava as migalhas de wafer coladas no meu lábio superior com as costas da mão. Fatheya elogiava para minha mãe a escolha da guloseima que atribuía a mim. Fazíamos valer nosso dinheiro. Eu tinha seis anos.

Nós mal tínhamos chegado e nos dirigíamos ao nosso apartamento para deixar as malas. Fatheya aos poucos retomava a forma humana, depois de uma caminhada de algumas dezenas de metros quase a ter liquefeito. Nós a deixávamos tomar banho e terminar de limpar a casa antes de se juntar a nós na praia. Nesrine e Vovó estavam deitadas nas cadeiras de praia instaladas na pequena laje de concreto onde ficava nossa cabana. Dizíamos "cabana", mas se tratava, na verdade, de um pequeno bangalô branco no qual havia cozinha, banheiro e algum espaço de armazenamento, separado dos demais por uma cerca de madeira entrecruzada pintada de verde. Lembro que não se podia tocá-la, sob o risco de ganhar uma farpa no dedo. Quis correr até minha tia e surpreendê-la ao pôr as mãos em seus ombros, mas deixei escapar um grito de entusiasmo que traiu minha presença e só sobressaltou a mim mesmo. Nesrine e Vovó se voltaram, deixei minha bolsa de praia aos pés de mamãe e precipitei-me na direção delas.

Não me lembro com precisão da hora em que tudo começou a se encadear. Primeiro mergulhei com Nesrine e guardei no fundo da garganta o gosto salgado da água engolida de través. Tinha aprendido a guarnecer de torres meu castelo de areia graças ao copinho plástico que eu enchia de grãos nem úmidos nem secos demais, a fim de desenformá-los com perfeição. Apressava-me em cavar os fossos com minha pá de plástico para que as ondas mais fortes viessem cercar de água meu orgulhoso edifício. Elas chegavam por um longo corredor íngreme e se fendiam em dois ao nível do castelo que acabavam contornando. Eu espreitava o instante em que a vaga da direita se unia à da esquerda durante algumas frações de segundo antes que a areia as absorvesse.

Mamãe discutia com Vovó à sombra do guarda-sol encaixado no limiar da cabana; elas embalavam com suas vozes meu primo adormecido no carrinho. A alguns metros dali, Nesrine tinha fincado sua cadeira, de onde me vigiava e molhava meus cabelos a cada meia hora para evitar uma insolação. O sol era cruel àquela hora, como havia repetido minha mãe. Era com certeza uma de suas frases preferidas. Fatheya a pegava emprestada regularmente, marcando assim tanto a sua indiscutível lealdade como o cuidado que dedicava ao bem-estar de seu filho. Eu não saberia dizer a que momento exato do dia ela se referia, estava na idade de ter sempre uma mulher ao meu lado para se preocupar com a hora em que o sol era cruel.

Nesrine tirou uma máquina fotográfica da bolsa e fez um gesto com a mão para que eu olhasse para ela. Posei com nobreza diante do meu castelo que cedia lamentavelmente, erodido pelos assaltos sucessivos da água. Enquanto Nesrine ajustava a máquina, vi minha mãe saltar de sua cadeira e caminhar até nós num ritmo apressado. O vento no seu pareô intensificava o nervosismo de seus passos. Ela interpelou a cunhada que, de costas, não podia vê-la chegar:

— O que exatamente você está fazendo?

Nesrine sinalizou com um gesto que não compreendia a pergunta.

— E isto? — continuou ela, apontando com o queixo para a máquina analógica que Nesrine levava em torno do pescoço.

— Ué, estamos tirando fotos, Mira. Qual é seu problema?

— É para mandar para ele, é isso?

Mira-Deflagração. Fiquei paralisado. Indiferentes ao meu estado, ambas continuaram sua querela da qual eu não compreendia muita coisa, a não ser a identidade do *ele* que não deixava nenhuma dúvida, mesmo para a criança de seis anos que eu era. Eu sentia meu coração bater, temendo o momento em que elas acabariam por se lembrar de minha presença. Eu me segurava para não emitir nenhum som com medo de que ele desviasse o raio para mim, até o momento que vi Fatheya aproximar-se de nós. Ela voltava do apartamento e apertou o passo quando percebeu de longe a tensão. Estava a poucos metros de nós quando senti as lágrimas subindo. O aperto na garganta deixou escapar um choro lamentoso de criança. Ela fingiu entusiasmo ao me convidar para catar conchinhas na beira do mar. Como sua tentativa de distração não teve resposta, ela me pegou pelo braço e me levou para longe do drama. Fato excepcional, ela me deixou caminhar pela margem, onde as ondas terminavam seu curso. Não sabendo nadar,

Fatheya geralmente ficava apavorada com a ideia de que eu mergulhasse. Talvez pressentisse que essa seria minha última oportunidade naquelas férias de aproveitar o mar. A cada onda que molhava meu tornozelo, eu dobrava meus dedos para reter o máximo de areia sob a sola dos pés.

Quando voltamos, minha mãe ordenou que eu não desfizesse minhas malas: voltaríamos para o Cairo no dia seguinte. Não sei o que uma disse para a outra na minha ausência, mas não trocaram nenhuma outra palavra a noite inteira. Vovó alegou uma enxaqueca para se retirar, meu tio estava tão loquaz quanto de costume, Nesrine não falava mais com minha mãe e minha mãe não falava mais com ninguém. Meu primo continuava a sesta em seu carrinho. Insensível à eletricidade que preenchera o ar, ele dormia um sono ébrio. Ébrio de sol, ébrio de despreocupação, ébrio por ter três anos, pais unidos e por não compreender nada. Sua boca indolente deixava escorrer um filete de baba que não deixariam de limpar logo.

O resto das férias passei no acampamento de verão dos escoteiros de Wadi El-Nil, em Heliópolis. De calças curtas, meias altas e lenço amarrado em volta do pescoço, eu passaria a estação saudando a bandeira em árabe, lavando pratos trincados e educando a bexiga, desafiada por intermináveis trilhas. Mexia os lábios para que acreditassem que eu conhecia os cantos com letras intercambiáveis, preferindo mobilizar minha mente para tramar um plano a fim de evitar a inscrição no verão seguinte. Mesmo ausente, você conseguia estragar minhas férias.

30

Montreal, 2000

— *Correspondência para o senhor, doc.*

Ela fala com ele em inglês, não levanta os olhos. Tudo o que pronuncia tem o tom desinteressado de uma interação administrativa, mesmo quando faz uma brincadeira.

— *Três resultados de exames e uma carta de amor* — ela enumera. — *Já era hora de o senhor encontrar alguém. Um partido tão bom!*

É na hora da gargalhada que seu rosto se torna expressivo. Sua risada termina num acesso de tosse. Ela tenta pôr fim nisso encobrindo-o com palavrões extraídos de um repertório sem fim, depois se recompõe:

— *Cuide bem dela, doc! Ela tem uma bela caligrafia.*

A risada e a tosse afastam-se agora no corredor. Elas se alimentam uma da outra e encobrem o rangido das rodas do carrinho de correspondências. Cada expiração parece escavar pás cheias de alcatrão que os anos de tabagismo teriam depositado em suas vias respiratórias.

— E a senhora, cuide-se bem, Viviane. E pare com o cigarro, não é sensato.

Há efetivamente três pastas de correspondência interna que contêm resultados médicos e um envelope amarelo pálido escrito à mão endereçado a ele. Tarek agarra o último; a carta que ele contém está escrita em árabe.

Cairo, 23 de março de 2000

Doutor,

Permita-me que me apresente: sou jornalista independente e atualmente realizo uma reportagem sobre médicos egípcios ao redor do mundo. Eu gostaria de poder conversar com o senhor sobre esse assunto. O senhor teria um momento para que eu lhe exponha meu projeto? Eu ficaria muito grato.

Respeitosamente,
Ahmed Naguib

A caligrafia é elegante, o papel sem cabeçalho. Um franzido na altura da fronte acompanha a leitura. Não é tanto o nome do remetente — que não lhe diz nada —, mas a visão dos caracteres árabes, que formam o nome de sua cidade de origem, que obscurece seu semblante. Cairo. Ele não a relê, amassa-a com calma e a joga na lixeira.

31

Cairo, 1998

Passaram-se dois anos. Dois anos tentando reconstituir sua vida de fantasma-genitor, cuja simples evocação me era tacitamente proibida. Fatheya continuava a destilar seus relatos, dos quais ela escolhia, meticulosa, fragmentos que lhe pareciam relatáveis, engordando cada nova versão com precisões, se não incoerentes, ao menos inúteis. Eu começava a me cansar de suas histórias, que falavam mais dela do que de você. Elas se pareciam cada vez mais com pretextos duvidosos para que eu lhe fizesse companhia. Algumas fotos suas tinham escapado milagrosamente do frenesi purificador de minha mãe. Você parecia alto, de cabelos escuros, bochechas encovadas e nariz ligeiramente adunco. Quanto ao resto, não parecia o mesmo de uma foto para outra e me cansei de buscar ali traços que você pudesse ter compartilhado comigo. Eu tinha as cartas, enviadas por um homem cuja identidade era ainda mais volátil que suas partículas laboriosamente acumuladas. Era pouco. Estava prestes a abandonar a ideia de remendar essa tela de retalhos díspares quando um incidente abalou tudo.

Como eu era um aluno bastante assíduo, discretamente me encontrei na categoria dos bons alunos que não criam confusão.

Um professor, que achava que eu estava adiantado em relação a meus colegas, sugeriu à minha mãe que eu pulasse de ano, o que ela recusou de pronto. Sua obsessão para que fôssemos "como todo mundo" era tanta que seria inconcebível que eu me afastasse do caminho comum. Mira-Fim-de-Transmissão. Minha avó concordou, ainda que por razões diferentes: achava preferível que eu fosse o melhor aluno do meu ano do que um aluno mediano de uma turma superior. Ela contentou-se em comentar minha precocidade com um enigmático "quem sai aos seus não degenera", elogio que parecia dirigir mais a si mesma do que a mim. Para agradar às duas, esforcei-me, então, para colecionar boas notas sem jamais chamar a atenção. Aliás, não era raro que no fim do ano um terço da turma ainda ignorasse meu nome. Eu tinha desistido de procurar pontos em comum com meus conscritos e acabei achando confortável a indiferença deles com relação a mim. Sem contar a determinação de Fatheya para acompanhar como se devia minha evolução hormonal.

Obcecada pela penugem que se instalara acima de meus lábios, ela procurava há alguns meses me convencer a me barbear. Fez questão de assegurar o apoio logístico e moral dela quando eu estivesse pronto. Era mais um aviso do que uma sugestão. Eu hesitava. Minha excitação sobre o assunto estava longe de se igualar à dela e eu não via utilidade em começar esse ritual que parecia proporcionar aos homens mais desconforto do que satisfação. Tinha, sobretudo, a impressão de meter o dedo numa engrenagem sem fim, à maneira da sempiterna *halawa* que Fatheya preparava para as depilações com açúcar de mamãe. Os gemidos soltos no sigilo de um banheiro requisitado para a tarefa incluem--se, aliás, entre os mistérios mais angustiantes da minha infância.

*

Fatheya tomou a iniciativa. Cansada dos meus adiamentos, ela me deu uma garrafa de *Chabrawichi 555* pelos meus catorze anos. Ela tinha conservado o hábito, que era cada vez mais desagradável para mim, de entrar no meu quarto sem bater a qualquer hora e vinha me apanhar ao despertar.

— Feliz aniversário, Rafik!

— É daqui a dois meses...

— Eu sei, coração, mas você nasceu em julho e meu presente não pode esperar o fim do ano letivo.

A julgar pela abundância de flores que ornavam a etiqueta, primeiro pensei que o frasco fosse um produto de limpeza qualquer e tentei disfarçar minha perplexidade com agradecimentos educados. Era preciso mais que isso para entusiasmá-la: "É a melhor água-de-colônia do mundo! Todos os homens que conheci usavam!". Ela pronunciava com uma ênfase desmesurada o adjetivo *todos*, sublinhando assim o valor estatístico de seu argumento. Parou, com ar grave, como se deixasse desfilar mentalmente o conjunto de suas conquistas masculinas e relembrasse sua identidade olfativa. Desestabilizado por essa confidência, não tinha me dado conta de que ela havia se apossado da garrafa. Ela pulverizou com generosidade o conteúdo no ar, soltando uma mentira inofensiva para acabar de me convencer: "Seu pai usava todas as manhãs depois do banho!".

O presente, por óbvio, não era desprovido de segundas intenções. Fatheya esperava em segredo que servisse para a primeira vez que eu fizesse a barba. A menos que o tenha subtraído de algum dos homens (muitos, portanto) que se sucederam em sua cama, aquele frasco deve ter representado uma grande quantia para ela. Eu me senti culpado por não ter lhe reservado a recepção que ele merecia e acabei cedendo: para mim, a provação da lâmina de barbear. Não precisei dizer duas vezes: logo me vi na borda da banheira, a parte inferior do rosto pincelada com espuma branca por um pincel surrupiado não se sabe de onde.

— E agora?
— Agora você se barbeia!
— Assim?
— Ei, Goha! Onde tá a tua orelha?

Com frequência ela fazia referência a esse personagem da cultura popular que tinha o improvável reflexo de torcer a mão esquerda acima da cabeça quando lhe pediam para tocar a orelha direita. Era a sua maneira de me fazer notar que eu sempre achava um meio de complicar inutilmente uma situação simples. Ela apressou-se em pôr no lugar a lâmina que eu segurava ao contrário, apoiando os grossos dedos rugosos sobre os meus para iniciar o primeiro movimento. O balanço da operação foi bastante satisfatório: nenhum corte a lamentar (isso teria sido um fracasso do qual ela jamais se recuperaria), no máximo algumas gotinhas de sangue que porejavam em alguns pontos e que ela aspergiu abundantemente com *Chabrawichi 555*, como aquelas baratas voadoras que ela pulverizava com Baygon com um afinco desmedido quando cruzavam seu caminho na cozinha. Lembro-me da sensação desagradável do álcool na pele irritada e das três palmadas de Fatheya na minha bochecha no intuito de assinar sua obra. "Vamos, vai mostrar pra sua mãe que você virou homem!". Minha mãe, no caso, não notou nada do meu barbear de perto, a não ser o cheiro invasivo do meu novo perfume.

Com suas inspirações exageradas, ela fazia de conta que analisava o que tinha mudado no ar ambiente, mas eu sabia muito bem que procurava sobretudo uma boa palavra para zombar de minha higiene pouco habitual. Mira-Sarcasmo. Antecipando qualquer comentário depreciativo, avisei logo que se tratava de um presente de Fatheya e que eu estava atrasado para a escola. Duas afirmações inatacáveis.

Por pouco perdi o ônibus escolar e tive que recorrer ao municipal para ir à escola, do outro lado do Nilo. Depois de ter disparado pelos últimos metros, cheguei a tempo à sala de aula, onde o professor começava a fazer a chamada. Meu nome ainda não tinha sido chamado; pude, então, chegar ao meu lugar às custas de um simples olhar de reprovação.

 Tinham posto na minha cola um companheiro de carteira particularmente agitado em função do ancestral costume jesuíta que consiste em botar lado a lado os elementos perturbadores e aqueles que não causam nenhum problema. A ideia era que os segundos fizessem brotar nos primeiros uma súbita sede de redenção. Na verdade, eu não seria capaz de citar nenhum caso em que tal procedimento tivesse funcionado, mas com certeza havia algum na história do Colégio da Sagrada Família para justificar sua popularidade. O principal feito de Xerife foi ter se transformado, ao contrário dos outros meninos, o que certamente se devia mais às suas duas reprovações do que a uma precocidade qualquer. Ele auferia legitimidade como líder do bando e, segundo ele, um grande sucesso com as meninas.

 Eu estava me recuperando da minha corrida e levei algum tempo para me dar conta de que suas risadas tinham me tomado por alvo. Ele esperou que o sino tocasse para me interpelar, ostensivo:

— Então quer dizer que se embelezou?

(Não dar importância, deixar para lá.)

— Você se embelezou para seduzir quem, hein?

(Empurrão dele para me obrigar a levantar os olhos. Não reagir, esperar que se canse.)

— Botou perfume essa manhã? Você não é veado que nem seu pai, é?

O golpe saiu sozinho. Eu jamais tinha brigado na minha vida e até achava que não seria capaz, mas a inspiração me veio sem pensar muito. Antes de continuar, tenho que dizer que ignorava o significado exato desse termo. Tinha, no máximo, uma ideia da posição que ele ocupava na classificação dos insultos do pátio escolar, mas foi o suficiente para que eu revidasse. Dobrei os dedos e bati na cara dele. Divididos entre incredulidade e fascínio, os alunos recuaram para formar um arco prudente em torno de nós. Começaram a nos encorajar ruidosamente. Xerife agarrou a camisa do meu uniforme para me jogar no chão; ele tropeçou sem sucesso. Aproveitei esse atraso para lhe aplicar um segundo golpe, mas ele deteve meu punho com a palma da mão. Com certeza teria me triturado se um professor não tivesse vindo nos separar e conduzir ao gabinete do diretor, sob os assobios de uma turma em polvorosa. Minha escola não estava acostumada a esse tipo de cena e considerei um tanto indulgentes os três dias de suspensão com os quais nos penalizaram.

Esse episódio me custou sucessivamente as reprimendas de minha mãe e os parabéns de Fatheya. Abstive-me de mencionar o seu envolvimento à primeira, e o do frasco de *Chabrawichi 555* à segunda.

— Ah, isso mesmo, você fez o que tinha que fazer; tenho certeza de que ele merecia o corretivo! No dia em que você se barbeia, ainda por cima; sabia que isso faria de você um homem.

Ela beliscou minha bochecha com orgulho antes de prosseguir:

— Também não vai fazer isso todos os dias, hein? Você faz uma vez para mostrar quem é, mas nem pensar em virar um patife! Em todo caso, conheço alguém que não vai te aborrecer de novo tão cedo...

— Faty, meu pai era veado?

Isso tinha me incomodado o dia inteiro. Parecia que uma parte do mistério que te envolvia estava ligado a essa palavra, mas eu não queria perguntar o significado dela à Fatheya, sob o risco de ela inventar qualquer coisa. Foi um blefe. Vi seus olhos se arregalarem.

— Foi por isso que você brigou?
— Responde a minha pergunta...

Senti que ela estava desestabilizada, depois se recompôs. Primeiro, censurou-me por pronunciar grosserias diante de uma senhora, depois por dar ouvidos aos boatos do pátio da escola. Deixei que ela se afundasse em suas tentativas de manobra sem tirar os olhos dela. Era nítido que tentava distinguir o que eu realmente sabia daquilo que fingia saber, e eu evitava lhe fornecer o menor indício. Ela acabou se irritando, vomitava uma infinidade de palavrões e praguejava contra todos os que lhe passavam pela cabeça. Para minha grande surpresa, o nome de Ali entrou na sua litania de maldições.

— Por que você está falando do Ali?

Percebendo meu espanto, ela hesitou por um momento, mas era tarde demais para se recompor. Até então, ela nunca havia mencionado esse nome sem que eu a forçasse, e vi o pânico nascer em seus olhos. Era uma loba presa na armadilha da qual ela começava a compreender que não sairia viva.

As poucas vezes que a interroguei sobre Ali, ela sempre me oferecia a mesma resposta: era um garoto problemático que você tivera a péssima ideia de querer ajudar e de quem eu deveria evitar falar. "Garoto problemático." Por trás dessa expressão propositalmente alusiva, eu compreendia sobretudo que ele estava na origem de vários dos *nossos* problemas, em primeiro lugar, a sua partida. Talvez ele também tivesse problemas, nunca me fiz realmente essa pergunta. Quanto a saber por que te escrevia cartas...

De repente, tudo fez sentido na minha cabeça: o significado do insulto, o vínculo que te unia a Ali, os mistérios envolvendo sua partida... Isso se tornava uma violenta evidência.

Eu lamentaria um dia a inundação de ódio que crescia em mim. Subitamente achei que o universo não era grande o bastante para conter minha cólera; não tinha comparação com aquela que me fizera brigar duas horas antes.

Comecei a detestar todos os meus semelhantes. Aqueles cuja posição social do pai cumpria a função de apresentação, seus ares de bem-sucedidos antes mesmo de terem vivido. Aqueles que tinham um modelo que bastava imitar para, um dia, se tornar um "eu" adequado. Aqueles que cresceram próximo da fonte e ali se saciariam sem jamais terem conhecido a sede.

Detestava minha família por ter calado essa verdade que todo o mundo sabia. Como se bastasse ocultar os espelhos para preservar um ser disforme de sua própria feiura.

E, mais que tudo, eu detestava você.

Você, que eu amaldiçoara por ser ausente; agora o amaldiçoava por ter existido. Por sua culpa, eu era o filho de um homem que dormia com outro homem. Era o filho de um homem que abandonara a mulher. Era motivo de chacota da minha turma. Era o último idiota a não saber quem eu era.

Tudo isso se misturava na minha cabeça. Eu não compreendia o que odiava; eu odiava o que não compreendia.

Com um gesto nervoso, derrubei o que estava na minha escrivaninha. Fatheya tentava me chamar de volta à razão, me implorava para jamais mencionar essa conversa, ela perderia o emprego... Eu não escutava nada. Gritei para que saísse do meu quarto. Ela saiu. Um silêncio instalou-se entre nós durante longas semanas.

32

Cairo, 1999

Vovó não estava mais entre nós. Eu tinha quinze anos e era a primeira vez que chegava tão perto da morte; isso não aconteceu sem uma certa excitação.

Eu sabia da compaixão benevolente de que gozavam meus colegas quando anunciavam a perda de alguém próximo aos professores. Quanto a mim, só tinha direito aos olhares, às vezes de deboche, às vezes de reprovação, quando se tratava de você. Aquilo não tinha nada a ver. A briga na escola, no ano anterior, tinha tornado o assunto ainda mais doloroso para mim. Por muito tempo, tive raiva de você por não estar morto. Uma criança órfã é pura; uma criança abandonada, uma vergonha. Ao me dar o direito à piedade de que você tinha me privado, a morte da minha avó corrigia uma certa injustiça. Enfim podiam se compadecer de mim de maneira incondicional.

Digo isso, mas sei que ela teria me censurado: era decididamente contra toda forma de autopiedade. "Quem espalha sua miséria, jamais inspirará o desejo ou o temor." Para ela, tratava-se de um grande princípio, uma daquelas verdades eternas e irrevogáveis cujo segredo ela detinha. "É assim", sentenciava, lacônica, como que para desencorajar quem tentasse questionar sua validade. Ela tinha o mérito da coerência: nunca a vi se queixar da sorte, mesmo quando se tratava de você.

Havia morrido *do que ela tinha*. Eu não saberia dizer o que era exatamente, mas, perto do fim, a vida familiar não tinha mais importância a não ser em torno daquela morte anunciada. Aliás, tudo acabara por se organizar em uma das duas categorias fundamentais e mutuamente excludentes: o que é ruim para *o que ela tinha* e o resto. Quando *o que ela tinha* tornava irrecusável o fim, embora temido há alguns anos, ela nos fez entrar alternados e nesta ordem: Nesrine, Mira, eu e Fatheya, para nos oferecer suas últimas ponderações.

Confesso que fiquei na vontade. Esperava uma revelação retumbante, idealmente sobre você, e tive que me contentar com uma sequência de clichês sobre o sentido da honra, da família e o fato de cuidar para que sua morte (no sentido da aflição legítima de que seríamos vítima) não constituísse uma oportunidade para que a criada subtraísse, sob nossa vigilância, algum objeto de valor. Era medíocre e um pouco mesquinho. Saí de seu quarto dizendo a mim mesmo que essa provável última conversa com minha avó não seria a mais memorável quando vi Fatheya, prostrada numa cadeira, esperando sua vez. Ela encarnava maravilhosamente a devastação interior. Suas lágrimas enegrecidas pelo *kohl* escorriam de um olhar esgotado. Sua patroa não teria sonhado com um teatro melhor. É preciso dizer que, desde a manhã, Fatheya arquitetava mil hipóteses acerca das possíveis razões daquela convocação. Cada uma fora mentalmente inspecionada, da mais desejável (o anúncio de uma parte da herança em reconhecimento aos bons e leais serviços prestados) à mais aterradora (a de uma demissão por força abusiva). Ela levantou-se num salto e se embrenhou no quarto da moribunda assim que me viu sair.

Vovó pediu-lhe simplesmente que discasse o número de telefone do filho e que, por favor, deixasse o quarto, permanecendo nas proximidades para o caso de a comunicação ser cortada. Foi-lhe solicitado também que não escutasse atrás da porta, "pelo menos uma vez", o que historicamente constituiu a última baixeza da minha avó em relação à Fatheya.

***

Até então, meu círculo morria ainda menos do que evoluía. Quer dizer. Eu chegava a me perguntar se as mulheres que chorariam um dia a minha morte não seriam as mesmas que tinham se debruçado sobre o meu berço. De certa maneira, a partida de vovó restabelecia a ordem natural das coisas. Não gostaria que você pensasse, à leitura do que disse antes, que a morte dela não me devastou, pois nada seria mais falso. Minha Santíssima Trindade familiar estava agora amputada de sua figura mais sólida e isso me mergulhava numa grande tristeza.

Para dizer a verdade, sempre tive a impressão de lhe dever a minha presença entre elas. Estou convencido de que minha mãe, grávida e recém-abandonada, deixara de me desejar; de que deve ter cogitado todas as possibilidades: deixar-se definhar com o que restava de você nas entranhas dela ou esperar meu nascimento para me confiar ao primeiro orfanato que aparecesse. Vejo apenas a intervenção da sogra para tê-la convencido a ficar comigo. É claro que não tenho nada que justifique tal hipótese, mas esse pensamento sempre me aproximou de Vovó. Aliás, não tenho lembranças felizes da infância que não estejam associadas a ela. Talvez ela me lesse melhor do que minha própria mãe.

Eu acabara de perder aquela que levantava meu moral às custas de *aich el saraya* da loja Mandarine Koueider. Aquela que conservava uma discreta preferência por mim em relação a meu primo, como que para compensar as injustiças do destino. Aquela, também, que descobria um porvir glorioso para mim nas borras do café turco que eu me forçava a beber para conhecer suas previsões. Ela revirava minha xícara de laterais enegrecidas, franzia as sobrancelhas para melhorar a leitura do futuro nos depósitos aleatórios da bebida, em seguida dava seu veredito. Sempre se tratava de esforços a empreender, percalços que eu saberia superar e um destino brilhante à altura da minha força de caráter. Poderia ser diferente? Afinal, eu tinha nascido num catorze de julho, dia da festa nacional do mais grandioso dos países. Para confirmar o augúrio, às vezes ela até descobria uma bandeira francesa nos resíduos de café. Não restavam dúvidas: o futuro seria brilhante.

Nas raras vezes em que ela se esquecia e pronunciava seu nome diante de mim, eu via uma espécie de flutuação no olhar dela. Consciente desse tabu infringido de modo involuntário, ela tentava então mensurar o alcance. Entretanto, não era como se tivesse acabado de me revelar que tinha um filho, que eu tinha um pai e que eles eram a mesmíssima pessoa, mas eu via muito bem que isso a atormentava. Eu lhe oferecia meu ar mais indiferente para lhe assegurar que não tinha ouvido nada de chocante, que talvez nem tivesse ouvido nada, e que ela podia continuar seu relato sem levantar suspeitas. Em outras ocasiões, acontecia de eu deixar os silêncios dela me falarem de você. Fazia uma pergunta ingênua à qual sabia que você estava ligado. Com uma formulação quase infantil, eu lhe perguntava, por exemplo, se era mais simples educar uma menina ou um menino, ou qual fora a mais dura provação da vida dela. Ela calava-se, refletindo longamente. Sabendo que só havia você na mente dela naquele exato momento, eu tentava te entrever através das rugas tagarelas. Ela encontrava uma distração para desviar a conversa desse terreno minado, mas dava no mesmo. Sem trocar uma palavra, em algum ponto entre a mentira da minha pergunta falsamente inocente e a da resposta dela, nós acabávamos falando de você. Essas não conversas me fariam falta.

Mamãe também sabia se esquivar das perguntas a seu respeito. Quando me faziam uma, ela apressava-se em responder por mim: "O pai dele não está mais aqui...". Ela então baixava os olhos para instalar a perturbação necessária na mente do interlocutor para que não tentasse saber mais sobre o assunto. "Não está mais aqui", isso não queria dizer muita coisa, mas pelo menos tinha a vantagem de não significar "partiu para o exterior porque nunca se recuperou da morte do amante dele, um garoto de programa, filho de *zabbalin*". Deduziam, na melhor das hipóteses, que você tinha morrido. Como se fosse necessário tornar crível essa tese na mente de seu interlocutor, ela sempre acrescentava: "Temos a sorte de morar com minha sogra, ela é uma joia!". Era justamente a prova de que não havia nada de suspeito naquela situação e que o drama que nos atingia era daqueles que condenam à coragem, e não ao opróbrio. Mira-Meias-Verdades.

    Nunca tive proximidade com meus outros avós. Diante de sua teimosia em falar comigo na língua deles, eu fazia de conta que não entendia ou lhes respondia em árabe, divertindo-me como uma criança cruel ao ver suas expressões descompostas diante de minha armenidade deficiente. Eu vivia com eles a mesma relação de familiaridade e estranhamento que mantinham com o Egito. Quando vovó morreu, meu primeiro temor foi ter de me mudar para a casa deles. Como se me parecesse irracional que mamãe e eu pudéssemos viver sozinhos, sem uma autoridade superior para tomar as decisões importantes por nós. Pensando bem, eu deveria ter me espantado com o fato de minha mãe ter vivido até o fim ao lado da sogra, mas isso com certeza atendia às necessidades de cada uma. Sua mãe encontrava ali a garantia de me ver crescer apesar da sua partida, enquanto a minha disso auferia um pouco daquela normalidade social que lhe era tão cara.

    Rapidamente me fizeram compreender que não nos separaríamos nem do apartamento familiar nem dos serviços de Fatheya e isso foi um verdadeiro alívio. Eu não sentia forças para, sozinho, absorver a melancolia que porejava do cotidiano de minha mãe. Fingir ignorar seus ataques de bulimia. Preencher artificialmente o vazio que sua partida e a de minha avó tinham criado nela. Isso teria sido demais para o adolescente que eu era.

***

Surpreendentemente, a possibilidade da sua presença no velório de Vovó não tinha me passado pela cabeça. Você pertencia a uma realidade paralela à minha e eu tinha internalizado o fato de que duas paralelas não podiam se encontrar. Foi preciso que Fatheya introduzisse em mim a dúvida. "Mas também! Ele poderia ter vindo vê-la antes que ela morresse, isso teria sido o normal, não?" Quando se trata da nossa família, a normalidade não me parecia ser o argumento mais válido, mas a observação de Fatheya me fazia mergulhar num oceano de possibilidades.

— E para o enterro? Você acha que ele viria?
— Ele não veio vê-la viva, você acha que virá agora que ela está morta? Ora essa!

A hipótese me parecia merecer mais do que esse gesto retórico. Fato excepcional, decidi testá-la junto à mamãe. Ela a acolheu com um piscar de olhos perplexo e me perguntou quem tinha botado tal ideia na minha cabeça. A rigor, eu poderia ter apontado Fatheya, mas era melhor não incriminar ninguém. Ela tinha acabado de se libertar da férula de minha avó, eu detestaria que caísse nas garras da nova patroa.

— É melhor você ir terminar seu texto para a missa da Vovó.

Ela me fitava agora com a expressão do genitor exausto de ter que levar para a cama um filho que passou da idade de acreditar em fantasmas. Era melhor não insistir. Segui o conselho dela e voltei ao meu elogio fúnebre; restava pouco tempo para escrevê-lo naquele francês elegante que teria agradado à minha avó. Apesar de ter passado a maior parte da vida no Egito, seu sotaque de *khawagueya* jamais deixara de maltratar o árabe. Aliás, eu não conhecia outros interlocutores regulares seus nessa língua além do porteiro do prédio, do entregador de garrafas d'água e, evidentemente, de Fatheya, e nenhum deles constituía uma motivação suficiente para aperfeiçoar seu domínio. Já Nesrine se virava melhor, mesmo que, cedo ou tarde, transparecesse que não era sua língua materna. Quanto a mim, me sentia à vontade nas duas: o francês na escola e em casa, o árabe na hora do recreio. Como Vovó as via como rivais (e porque sua preferência não deixava dúvidas), eu assistia escondido à televisão local e colocava na TV5 Monde assim que a ouvia chegar. Ela desejava que eu falasse "com estilo" e provavelmente não teria hesitado em me pedir para repetir a frase se eu empregasse os tempos verbais incorretos. Quando eu tentava saber mais sobre sua definição de estilo, ela me lançava um olhar enigmático.

— As faltas de concordância ou ortografia têm pouca importância, desde que não sejam faltas de gosto! Não te ensinam isso nos Jesuítas? Olha só todos estes advérbios, você realmente precisa dispor de tantos? Aí está uma bela falta de gosto!

Nem sempre eu compreendia o sentido de seus ditos espirituosos, mas sabia quando lhe dirigir um sorriso de conivência que pretendia o contrário. Ela me pedia, às vezes, para recitar um dos três ou quatro textos que me fizera aprender de cor. Tinha uma predileção pelo de Victor Hugo, que tratava de uma criança punida a quem o avô encontrava às escondidas para trazer discretamente um pote de geleia ou *confiture*. Eu não conseguia imaginar a Vovó apoiando esse tipo de intriga, mas ela parecia mais indignada com minha pronúncia aproximada da palavra *confiture* do que com a relação suspeita do ancião com a autoridade. Pensando bem, acho que ela perdoava mais fácil os desvios dos franceses que os de seus próprios descendentes. "Um dia", me dizia, "iremos a Paris!" e, embora nunca tenha acontecido, creio que ela sonhava sinceramente com isso. Tinha descoberto essa cidade durante uma viagem com os pais e falava dela com um entusiasmo que não lhe era habitual. Ela fechava os olhos e movia a cabeça, como se esse artifício lhe fosse necessário para recobrar suas memórias.

Sous le ciel de Paris
S'envole une chanson
Elle est née d'aujourd'hui
Dans le cœur d'un garçon...[10]

Ela cantava meio desafinada, com uma voz mais grave que sua tessitura habitual, e me olhava como que para me transmitir seus sonhos de grandeza parisiense.

Só descobri seu verdadeiro nome alguns dias após sua morte, ao receber da gráfica os comunicados de seu falecimento. Ela, que sempre se fizera chamar "Tia Amada" pelos primos e amigos próximos, na verdade portava o nome Amal. Amal: "esperança", que preferia ser Amada. Essa metáfora da sua vida me deixou pensativo.

Sentado à minha escrivaninha, eu me debatia então com a única língua capaz de prestar homenagem à altura da minha avó, quando Fatheya surgiu no meu quarto. Ela não tinha o hábito de correr nas escadas e sua respiração sofria as consequências.

---

10. "Sob o céu de Paris/ Voa uma canção/ Ela nasceu hoje/ No coração de um menino..." (N. T.)

— Está tudo bem?

Ela fechou a porta e a bloqueou com o corpo inteiro, as duas mãos nas costas segurando firmes a maçaneta.

— Você tinha razão!

— Do que está falando?

— Você tinha razão sobre Tarek! Ele virá.

Eu a deixava falar. Não queria me empolgar: o assunto era importante e Fatheya, acostumada às conclusões apressadas. Ela continuou:

— Sabe quando você me fez aquela pergunta lá, se seu pai estava vindo? Na hora não acreditei, mas aquilo me fez pensar. Depois encontrei Nesrine, que se dirigia ao quarto da sua mãe. Ela tinha um ar preocupado e Deus, bendito seja, me soprou para segui-la. E foi então que ouvi tudo! Imagino que a sua mãe vai aparecer a qualquer momento para te falar disso, mas eu preferia que você tivesse tempo de digerir a notícia antes...

Tão verdadeiro quanto o fato de Deus-bendito-seja-seu--nome não estar brincando quando ordenou que Fatheya escutasse atrás da porta, eu sabia que a verdadeira razão que a impelia a me revelar essa informação era seu orgulho em me exibir sua primazia. Pouco importa, não a interrompi.

— As duas começaram a falar. Eu não ouvia bem e, de todo modo, era quase tudo em francês, mas elas começaram a dizer o nome do seu pai, então pensa bem o que eu escutei! Bem, uma hora elas falaram de aeroporto...

— De aeroporto? Tem certeza de que disseram "aeroporto"?

Fatheya soltou a maçaneta da porta e me estendeu a mão, abrindo-a, a palma para cima, num gesto teatral. Ela continha uma folha de papel que se soltava com dificuldade de seu aperto úmido. Eu a desdobrei e reconheci a letra de mamãe numa sequência de caracteres.

— O que é isso?
— O que você acha? O número do voo!
— Isso é do caderninho da mamãe?
— Mas é claro!

Ela pronunciou essas palavras com o ar triunfante de um cão que traz uma banana de dinamite. Eu a fiz repetir:

— Faty, essa folha é do caderninho da mamãe?
— Sim, é do caderninho da sua mãe. Não, mas sem brincadeira! Isso é tudo o que você tem pra me dizer? Isso é pra eu aprender a vir te...

Eu a olhava, incrédulo. Subitamente ela tomou consciência da situação.

— Ah, merda! Arranquei uma folha do caderninho da sua mãe!

Meu cérebro estava em ebulição. Era preciso recuperar rápido o caderno embaraçoso, depois nós pensaríamos. Vi Fatheya curvada na minha cama, olhar divagando e tez lívida. Ela não tinha ouvido nada do que eu acabara de lhe dizer; decidi ir eu mesmo.

***

Eu fingia estar muito concentrado para notar o ar preocupado de mamãe quando ela entrou no meu quarto. Ela estava prestes a dizer algo quando percebeu seu caderninho, no qual eu escrevia.

— Eu estava justamente procurando...
— Hã? Desculpa, precisava de papel para o discurso da Vovó.

Tomei o ar mais indiferente e ela, sua caderneta. Ela me olhava sem de fato me escutar, como se a verdade tivesse mais chance de surgir do meu rosto que de minhas palavras. Sentou-se na beira da minha cama, no exato lugar onde o traseiro de Fatheya deixara uma marca concêntrica de tecido amassado, e percorreu as folhas sob a pressão do polegar até alcançar as páginas ainda virgens de seu caderninho.

— Eu tinha escrito uma coisa, você não viu, por acaso?

Procurei o lixo e desdobrei uma a uma as bolinhas de papel que ali estavam. Terminei com a folha que Fatheya tinha arrancado e cujo verso eu havia rasurado cuidadosamente para dar o aspecto de um rascunho qualquer. Ao estendê-la, percebi um discreto alívio desfranzir suas sobrancelhas.

Tudo havia retornado à ordem. Minha mãe tinha, portanto, terreno livre para me anunciar sua chegada. A oportunidade não se repetiria. Ela me explicaria o significado daquela misteriosa frase salva *in extremis* da lixeira e eu fingiria descobrir. Ela, que proibira todos de me revelarem sua existência, me diria como, enfim, eu te encontraria.

Meu coração estava comprimido como aquelas panelas de repolho recheado que Fatheya cobria com um prato sobre o qual colocava uma pesada pedra. Contive os batimentos, prestes a receber a notícia da mamãe com a maior displicência possível. Fingi indiferença para facilitar sua tarefa. Provavelmente ela se empenhava para mascarar da mesma maneira seus sentimentos, pois nada transparecia em seu rosto. Era evidente que nos protegíamos um ao outro, enquanto ela procurava reunir as palavras que mudariam nossas vidas.

33

Montreal, 2000

Quando ele entra em seu escritório, o primeiro reflexo é retirar as luvas. Arranca do rolo um pedaço de papel pardo para enxugar a testa. O neon continua a cuspir aos solavancos sua luz baça, depois decide acender. Ele deixa as mãos inertes por longos instantes sob um filete de água morna antes de começar a esfregá-las energicamente com sabão líquido. Puxa uma nova folha de papel-toalha, seca os dedos, depois se abandona numa cadeira do escritório. Seu corpo inteiro parece ceder numa interminável expiração. Esses instantes de relaxamento têm um sabor especial. Eles sucedem uma longa intervenção cirúrgica.

 Um envelope amarelo pálido encontra-se na sua escrivaninha. Ele introduz a lâmina de uma tesoura para abri-lo. Solta do curriculum vitae de um jornalista, escapa a fotografia de identidade de um jovem. Ela tem o contorno serrilhado de um retrato profissional. Ele não parece surpreso ao descobrir a carta escrita em árabe que a acompanha.

Cairo, 02 de junho de 2000

Doutor,
 Talvez tenha recebido minha carta anterior. Se esse for o caso, peço de antemão que perdoe minha insistência. Eu me chamo Ahmed Naguib e gostaria de conversar com o senhor acerca de uma reportagem que estou realizando sobre os médicos de nosso país. Seria uma grande honra poder relembrar sua carreira e a de seu pai. O senhor faria a gentileza de me conceder alguns instantes nas próximas semanas?

Ele olha pela janela do escritório. São vinte horas e treze minutos, os arranha-céus teimam em refletir os últimos raios de sol. Os dias estendem-se com o fim da primavera como se lhes restassem revelações a compartilhar. Ele anota algumas palavras no verso da foto, em seguida amassa a carta e o CV numa bola grosseira que atinge a lixeira no primeiro lance. Viviane surpreende seu sorriso triunfante.
 — Nice shot, *doc! O senhor ganhou a noite.*
 Ele não rebate o tom sarcástico e finge agradecer inclinando a cabeça.
 — A declaração não era do seu gosto? O senhor é impiedoso com suas pretendentes!
 — A senhora está redondamente enganada, Viviane — ele insinua, estendendo-lhe a foto do jovem rapaz.
 — De fato... Note que ele não é nada mal. Se eu tivesse quinze anos a menos...
 — ... mais jovem ainda. Eu não daria a ele nem vinte anos.
 Ela resmunga algumas sílabas ininteligíveis e pigarreia:
 — O senhor o conhece?

— Não, é um jornalista. Eu não daria muito por seus artigos, ele tem um tom subserviente do egípcio prestes a mendigar por dinheiro.
— O senhor é duro com seu país, doc...
— A recíproca é verdadeira.
Ela hesita antes de prosseguir:
— O senhor jogou a carta fora, mas guardou a foto dele?
— Superstição. Não se joga fora as fotos das pessoas. Também não se rasga. Ninguém nunca lhe disse isso?
— Mas também... É normal no seu país mandar uma foto quando se quer escrever um artigo?

Ele responde à pergunta erguendo os ombros. Viviane despede-se com discrição sem que ele dê atenção. Ele apaga a luz e tranca o escritório. Ao tomar o sentido contrário à entrada principal do Royal Victoria, acena com a mão aos dois residentes em intervalo diante da recepção deserta. Detém-se um instante no exterior. Ainda está perto o bastante do prédio para distinguir a exalação de assepsia. Parece que vai voltar atrás. Ele retoma, enfim, seu trajeto inicial, atravessa o estacionamento e sai do recinto hospitalar.

Pega a rua University. A montanha oferece sua última visão à medida que se funde ao centro da cidade. Casas mantêm-se na ponta das pedras, fingindo ignorar a encosta que as sustenta. Ele olha distraído as fachadas devoradas pela hera. O clima é ameno, neva pólen.[11] *Seus passos o conduzem à entrada do*

---

11. Trata-se na verdade de flocos de semente e de algodão que caem dos álamos no início do verão canadense. (N. T.)

campus da universidade McGill. Estudantes estão sentados na grama, outros passeiam indolentes, jovens com bolsa transpassada presa às costas. Ele observa os que fazem fila diante da entrada de um dos edifícios. Por curiosidade, aproxima-se do cartaz fixado na porta de vidro. Ele anuncia em inglês uma conferência cujo título traduz-se por "Fótons entrelaçados e outros mistérios da física quântica". Ele não tinha nada para fazer naquela noite.

34

Cairo, 1999

— Nada? Nem mesmo uma insinuação?

Fatheya tentava botar seus pensamentos em ordem com um meneio de cabeça mecânico. Para não levantar suspeitas, tinha anotado precisamente as idas e vindas de minha tia e de minha mãe a fim de determinar o momento mais propício para se juntar a mim. A primeira tinha voltado para a casa dela e a segunda falava ao telefone com a mãe; tínhamos uma boa meia hora. Parecia uma cena extraída de uma daquelas séries que passam na televisão durante o Ramadã para fazer esperar até a refeição.

— Com certeza ela disse alguma coisa, Rafik. Pensa!

— Ela só me perguntou em que ponto eu estava no meu texto para a igreja.

— E sobre o papel?

— Na verdade... como ela não falava, acabei perguntando o que era. Ela apenas me disse que era a referência de um treco que tinha encomendado da Europa.

— Rafik, eu te juro diante do Altíssimo que a ouvi dizer...

— Eu sei. Liguei para o aeroporto. Confirmaram que é o número do voo de Montreal que chega amanhã.

Não satisfeita, essa confirmação a fez mergulhar nos pensamentos dela. Agora estava estabelecido que você viria para o enterro e que minha mãe me escondia isso deliberadamente. Fatheya acabou formulando uma última hipótese, parecia procurar as palavras que me magoariam menos:

— Suponhamos que ele esteja ciente de que tenha um filho... Ele teria apenas pedido à sua mãe para não te dizer que estaria lá. Para não te fazer sofrer...

— E daí? Você acha realmente que ele espera passar despercebido depois de quinze anos de ausência? Chega, Faty, pare. Foi a mamãe que insistiu para que eu lesse o texto na missa, foi ela que inventou qualquer coisa para esconder as coordenadas do voo dele... Na verdade, é ela que está tentando humilhá-lo fazendo-o descobrir minha existência no dia do enterro da mãe.

Confrontada com a evidência, ela desistiu de contra-argumentar. Pressionou as palmas contra os olhos, como no início de uma dor de cabeça, e murmurou:

— Você sempre raciocinou como um adulto. Não sei onde foi parar a sua infância...

Tive algumas horas a mais que Fatheya para chegar a essas conclusões, para saber que nenhuma outra podia explicar o comportamento da minha mãe. Algumas horas para mensurar, enfim, a amargura fermentada e a sede de vingança que a nutrira. A impressão, talvez, de ter a própria existência roubada. De certa maneira, eu mesmo não tinha sentido isso?

Estava zangado com ela. Ela poderia ter optado por misturar nossas cóleras, talvez isso tivesse nos aproximado. Tinha preferido uma vingança egoísta da qual eu me tornaria o instrumento. Tinha me criado ao longo dos anos como uma faca que se amola pacientemente; uma arma que teria apenas uma oportunidade de atingir o alvo. Eu já não era mais uma criança aos seus olhos. À minha revelia, me tornara um homem. Um homem que se pareceria com aquele que destruíra os sonhos dela. Um homem que, de todo modo, acabaria abandonando-a. Um homem que era melhor sacrificar antes. Mira-Infanticida.

Num misto de cólera e desespero, pensei de repente na Vovó. Ela jamais teria permitido isso. Eu me dava conta de que as últimas horas não passavam de um mal-entendido: era agora, neste momento preciso, que ela deixava este mundo. Meu luto podia começar. Eu me imaginava naquela igreja, recitando meu texto sob o olhar daqueles que já tinham te reconhecido e aguardavam o drama anunciado num silêncio cúmplice. Em vez de me preservar, mamãe me pedia para redigir a acusação de um julgamento que levara quinze anos para ser realizado. Eu era apenas uma vítima colateral, um idiota que passa a vida escrevendo sua dor aos ausentes. Mais uma vez era invadido pelo ódio. A rainha estava morta, não enterrada ainda; e, no entanto, a partida de xadrez mal acabava de começar. Seria sangrenta, só haveria perdedores.

Com o punho cerrado, comecei a bater na parede. Fatheya agarrou meu braço para contê-lo. Ela conseguiu me controlar. Eu me deixei cair sobre ela, incapaz de articular o que quer que fosse. Tinha um corte na altura da falange. O sangue começava a jorrar, preferindo a súbita luz à prisão das minhas veias.

Inerte, eu o olhei escorrer lentamente; ele unia-se a um tendão para traçar seu sulco escarlate antes de morrer ressecado. Chorei de raiva, estava exausto. Eu tinha mil anos.

* * *

As horas estavam contadas, nada poderia ser deixado ao acaso. Pulei a refeição noturna e calei-me durante a manhã seguinte, contentando-me em responder com um movimento de cabeça as perguntas que me faziam. Minha mãe punha meu silêncio na conta do luto. Isso me era conveniente. Para que ela baixasse a guarda, mostrei meu texto redigido para o enterro. Ela o percorreu em silêncio, os lábios em leve agitação. Sorriu, depois concluiu sua leitura com um anódino "está muito bom" antes de passar a mão nos meus cabelos como se acariciasse um cão para estimulá-lo antes de uma caçada. Nada em seu olhar parecia trair o menor remorso. Dava no mesmo, minha energia estava em outro lugar. A presença da tia Nesrine para finalizar os preparativos do enterro desviava providencialmente de mim a atenção geral. Eu tirava proveito disso para tramar meu plano a salvo dos olhares delas, cercado pelos muros de uma fortaleza de silêncio onde Fatheya era a única admitida. Aliás, tinham acabado de lhe pedir que arrumasse o apartamento de Dokki em função da chegada, naquele mesmo dia, de um "conhecido" que viria acompanhar o enterro. Por óbvio, ela absteve-se de fazer qualquer pergunta sobre a sua identidade.

Uma incógnita subsistia: Nesrine iria te buscar? Ela voltaria ao apartamento da Vovó com você? As respostas impunham-se por si só: ninguém parecia se alvoroçar com a aproximação da sua chegada. Como Vovó fazia cada vez que recebíamos visita do exterior, liguei para o aeroporto — aquele de onde nunca partiríamos, ela e eu, para Paris. Seu avião estava no horário previsto. No momento em que você supostamente pisava na pista de pouso, ninguém tinha saído de casa; era certo: você chegaria por conta própria. Eu me apressei para chegar ao apartamento de Dokki, as cartas de Ali arrumadas com cuidado em ordem cronológica em uma pasta lacrada. Elas eram minha relíquia sagrada, meu único vínculo tangível com você. Senti uma pontada no peito diante da ideia de ter que me separar delas, mas o que eu receberia em troca era mais precioso, de outra forma. Nelas, Ali evocava com frequência a mãe, planejei, então, um desvio para comprar uma tigela de *Om Ali*. Você compreenderia assim, ao encontrá-las, que aquela encenação era intencional. Confidenciei as linhas gerais a Fatheya, que se encarregaria de me dar cobertura caso alguém estranhasse minha ausência. Ela me abraçou quando eu saía de casa. Eu já estava em outro lugar.

35

Até os últimos dias, Vovó tinha certo gosto em me transmitir seus princípios de vida, usando a si mesma, de bom grado, como exemplo. Ela embrulhava o todo com alguns aforismos mais ou menos inspirados para me servi-lo sob o pomposo nome de filosofia. Tratava-se de uma ciência social na medida que ela não tinha outro objeto que lhe permitisse brilhar em sociedade, uma disciplina em que o efeito produzido por uma fórmula pudesse compensar todas as aproximações. Como era de se esperar, a escolha dessas palavras era primordial. Assim, ela nunca falava em "acaso", preferindo invocar o "destino" para expressar, ainda que com mais nobreza, a mesma ideia. Por muito tempo acreditei que se tratasse de uma simples frescura linguística para, enfim, compreender que a nuance tinha a sua importância. Como Vovó não tinha o hábito de ficar do lado dos perdedores, havia encontrado nesse termo um aliado seguro, que ganhava todas as vezes. O destino justifica as provações e confere aos êxitos uma aparência de eleição divina, enquanto o acaso dá às primeiras ares de imprevidência, ao mesmo tempo que nos retira os créditos dos segundos. Aliás, o que podemos nós diante do destino? "Nada", sentenciava Vovó invariavelmente em resposta à sua própria pergunta retórica.

Maktub. Tudo está escrito de antemão, nós apenas executamos uma partitura cujas notas são transmitidas no momento de tocá-las, as seguintes permanecem um mistério tão completo quanto a melodia que comporão. Para ela, que havia consagrado uma parte considerável da vida a combinar, maquinar, urdir e desatar, o destino era muito mais que uma superstição: era um precioso álibi.

Isso não despertava em mim nenhum entusiasmo especial, mas, vendo-a orgulhosa de expor suas teorias, eu lhe oferecia com o olhar o apoio necessário para que prosseguisse sua argumentação. A meio caminho entre o preâmbulo e o balanço da própria existência, ela geralmente concluía, então, com um ar resignado: "Sabe, Rafik, querer influenciar o futuro é, na melhor das hipóteses, esgotar-se em vão; na pior, é arriscar desagradar ao bom Deus". Aliás, preciso detalhar um ponto: se era certo que o Deus de Vovó não era desses que se contrariam impunemente, o qualificativo *bom* não se referia, de forma alguma, à sua suposta misericórdia. Antes, remetia ao fato de que, ao contrário da maioria dos seus compatriotas, ela tinha o discernimento de não se enganar no interlocutor celeste.

Na véspera do enterro, me perguntei se não teria contrariado o bom Deus da Vovó tentando me aproximar de você. Quando você me repeliu com violência na rua, sem sequer suspeitar da minha identidade, me arrependi por um instante de não ter dado mais importância às superstições da minha avó. O que eu esperava com aquelas cartas, aquela encenação? De onde viera minha arrogância de acreditar que podia antecipar suas reações quando ignorava tudo sobre você? Eu tinha tentado acelerar os ponteiros do tempo, procurando provocar nosso encontro antes da hora que lhe fora designada, e não tardaria a pagar por essa audácia.

Eu me preparava para o velório com a emoção anestesiada e o andar mecânico do condenado que se dirige ao cadafalso. Tinha nas mãos a folha em que estava escrito o texto que logo eu teria de ler na sua frente. Gostaria que o Deus colérico da Vovó me fulminasse no segredo do meu quarto, mas ele parecia preferir uma execução pública. Eu estava desesperadamente sozinho. Mal consegui encontrar as palavras para explicar à Fatheya o que tinha acontecido quando nós nos encontramos. Ou melhor, o que não tinha acontecido.

***

Descobri, chegando à igreja, o caixão de madeira em que minha avó repousava. Ele me parecia excessivamente pequeno; podia jurar que meus braços estendidos na horizontal ultrapassariam seu comprimento. Não tive a oportunidade de verificar. Santos ornavam com os rostos perturbadores a imponente iconóstase que separava a nave do altar. Eles observavam Vovó em seu esquife. Com certeza sabiam tudo sobre a cena que seria interpretada diante deles. Eu tentava encontrar um indício em seu ar compenetrado, mas eles não deixavam transparecer nada. Pareciam drogados de incenso; fingiam indiferença, envolvidos em sua santa hipocrisia.

A igreja enchia-se pouco a pouco. Os homens tinham uma aparência bem cuidada, as mulheres uma aflição radiante. Elas tocavam minha cabeça num impulso de empatia exagerada. Em que meu luto lhes dava o direito de passar os dedos em meus cabelos? Ele me deixava ao menos o direito de não lhes devolver o sorriso. Tudo o que o Cairo tinha de vestidos de cetim preto reunia-se nas fileiras de madeira. O padre sorria ébrio à vista de seus ricos fiéis que vinham aos montes. Passou de súbito pela minha cabeça que Vovó não teria perdido por nada deste mundo uma reunião daquelas. Era um pensamento especialmente estúpido porque ela se encontrava bem ali, como de costume, no centro de todas as atenções.

Sabendo agora qual era a sua aparência, às vezes eu me voltava para ver se você tinha chegado. Tentava não pensar no momento em que me chamariam para subir ao púlpito e ler meu texto. Qual seria meu aspecto quando o padre me apresentasse como seu filho? Qual de nós dois seria mais humilhado? Você me associaria com o menino que tentara te abordar na rua na véspera? A igreja já estava cheia e desisti de te procurar naquela multidão compacta. Eu me sentia um prisioneiro como os chefes mamelucos que caíram na armadilha da cidadela do Cairo no século anterior. Lembrei-me da imagem da pedra fendida pelo casco de um cavalo, que nos mostravam durante as excursões escolares. Ela traduzia o desespero do cavaleiro que se lançara do alto das muralhas, preferindo a morte escolhida àquela que lhe reservavam. Naquele exato momento, eu teria trocado meu reino de meia-tigela por um cavalo.

A cerimônia começou com uma nota alongada de órgão. Mamãe sussurrou algumas palavras no ouvido de Nesrine, estávamos todos na primeira fileira. O padre entoou as primeiras palavras cantando com voz grave uma dessas melopeias improvisadas típicas dos clérigos. Para que se preocupar com uma partitura quando se declama a palavra divina? Você devia se encontrar a alguns metros de mim, abatido pelo mesmo lamento melódico que eu. Nós compartilhávamos ao menos isso. Esse pensamento quase acalmava meu desespero. Eu não escutava nada daquela cerimônia. O que ela poderia me ensinar sobre a minha avó? Eu a conhecia melhor que ninguém naquela igreja. Exceto você, talvez. E, no entanto, não tínhamos a menor lembrança dela em comum.

 O incenso dançava insolente ao redor do caixão que logo seria enterrado. Ele ofegava a alguns centímetros de nossas cabeças, cuspindo seus eflúvios capitosos. Era evidente que não tentava alcançar os deuses, apenas consolar os homens. Mamãe me agarrou pelos ombros, como uma criança adormecida que acordam na aula. Era a minha vez de tomar a palavra. Avancei em direção ao altar, tomei um tempo para fazer uma genuflexão, persignei-me metodicamente. Em nome do Pai, do Filho. Galguei os poucos degraus que levavam ao púlpito, ajustei o microfone, desdobrei o texto que aguardava, amassado, no meu bolso. Não procurei nem o seu olhar nem o de minha mãe. Desviei os olhos do féretro demasiado pequeno onde Vovó devia contorcer-se. Não deixei nem a emoção nem o incenso apoderarem-se da minha garganta. Li meu texto sem tremer. Eu estava sozinho como sempre estivera.

***

O cataclismo anunciado não aconteceu. Empoleirado no púlpito, não percebi nenhuma agitação se apossar da congregação. Nada de respiração suspensa, rosto voltado na sua direção, cochicho exaltado, mal-estar palpável, nada. Tampouco no momento de deixar o local. Somente algumas velhas que vinham me felicitar pelo meu texto, os olhos vermelhos de emoção, talvez por saberem que seriam as próximas a inspirar um elogio fúnebre. Nenhum vestígio seu.

Mil hipóteses se entrechocavam na minha mente ainda agitada. Seria possível que o homem com quem cruzei na parte inferior do apartamento da Vovó não fosse você? Quem, então? Um parente distante que não teria compreendido por que foi recebido com uma tigela de *Om Ali* e uma pilha de cartas cifradas? Mas então, e o voo proveniente de Montreal? Você com certeza estava na plateia enquanto eu lia meu texto. A menos que tenha perdido o avião...

Divisei Fatheya na saída da igreja. Apertei o passo até ela.

— Faty, você o viu?

Ela fez um movimento afirmativo com a cabeça. Meu coração de repente começou a bater de novo.

— Mas então onde está ele? Por que não veio falar comigo? Como ele reagiu quando eu li o texto?

— Ele não te ouviu, Rafik. Esperei por ele na frente da igreja e o aconselhei a não entrar.

Não entendi de imediato que Fatheya acabara de me poupar do momento que eu tanto temera. Era curioso, eu não sentia alívio nem gratidão. Inspirei longamente.

— Faty, eu queria falar com ele. Só alguns instantes. Você fica à espreita na frente do apartamento, eu subo para vê-lo por quinze minutos. Quinze, não mais. Depois não peço mais nada, prometo...

Ela me cortou:

— Ele foi embora...

— Como assim foi embora? Ele já está no aeroporto?
— Não, no Said.

Ela não esperou minha pergunta para respondê-la com duas palavras: "Encontrar Ali".

36

Montreal, 2000

Ele está sentado diante do computador. Apenas suas pupilas se mexem, horizontalmente, fixas na tela. Ele contrai a mandíbula, aperta por muito tempo uma tecla e depois começa a bater em outras com as duas mãos. Para. Relê pela última vez. Pega uma folha e começa a escrever da direita para a esquerda. Seu olhar alterna entre a tela e a folha. A caligrafia é trabalhosa, tem uma inclinação que não é comum em caracteres árabes. Quase infantil. Ele rasga a primeira página, depois recomeça.

Montreal, 21 de julho de 2000

Senhor,
    Eu ignoro de que maneira obteve meu contato. Não desejo participar de seu artigo e, por conseguinte, agradeço se não me escrever mais.
    Dr. Tarek Seidah

Ele relê pela última vez antes de pôr a missiva no envelope. Abre uma gaveta da escrivaninha e retira uma foto. Perscruta-a por um instante, em seguida a vira e copia no envelope o endereço ali inscrito. O envelope permanece num canto da mesa. Ele retoma o trabalho do ponto em que havia parado.

37

Cairo, 1999

— Meu Deus, Fatheya! Você não mudou nada...
    É claro que ela havia mudado. Vocês dois haviam mudado; a lâmina do tempo cavando, inexorável, os sulcos nos rostos e nas mentes. Era uma maneira de lhe dizer que você a reconhecera à primeira vista. Ela fez sinal para que a seguisse, longe da entrada. Você foi no encalço dela sem tentar questioná-la. Do lado de fora, ouvia-se o órgão ressoar para anunciar aos homens que o Altíssimo ia tomar a palavra a fim de lembrar-lhes que o pó ao pó retorna. Você preferia sentir o vento de março recender o perfume de Fatheya que te rejuvenescia algumas décadas. O mesmo perfume em uma mulher envelhecida. Ela avançava com menos firmeza que no passado, o passo pontuado por suspiros que ela nem tinha mais consciência de emitir. É claro que tinha mudado.
    Ela perguntou há quanto tempo você não colocava os pés ali. Você se sentiu como uma criança apanhada em falta, ao mesmo tempo envergonhada e aliviada por não carregar mais seu segredo sozinha. Ela disse que sentiram sua falta. Não foi uma reprimenda. As palavras não tentavam insinuar mais do que diziam, elas bastavam a si mesmas.

— Foi Mira quem mais sofreu. Ela não merecia isso, Tarek. É uma boa moça, você deveria ter tirado um tempo para falar com ela. Quando as coisas não vão bem, a gente fala, a gente fala com as pessoas! A gente tenta consertar o que for possível, não se despede assim...

Você ia começar a se justificar, mas ela baixou as pálpebras para te dizer que não era necessário.

— Você viu as cartas?

— Fatheya... foi você?

— Não, mas que importância isso tem? Elas precisavam chegar até você.

Você não tentava mais adivinhar aonde os próximos minutos o levariam. Contentou-se com uma longa inspiração, como se faz no início de um esforço que sabemos que acabará com nossos últimos recursos. De olhos fechados, deixou o ar do Cairo preencher seus pulmões à medida que reunia as palavras para contar sua escapada da véspera.

Você fora ao Mokattam no início da noite para ter mais chances de encontrar Ali. Apertava junto ao peito as cartas dele, precioso talismã que deveria te guiar até seu autor. Você começou pela casa onde ele morava com a mãe, mas não restava nada além das paredes nuas. Até os caixilhos de madeira das janelas tinham sido desmontados. Lá, tudo se recicla. Você deu alguns passos no interior e constatou que ninguém mais morava ali há muito tempo. Lançou um olhar ao redor, como que em busca de um objeto sobrevivente do passado. Uma foto ainda fixada na parede, uma fita cassete estragada de Mohamed Mounir... nada. Você tentou recordar a disposição dos móveis, o cheiro do inhame cozinhando lento no fogão a gás, o barulho que suas risadas produziam... A realidade fria na qual você se encontrava era tão díspar da sua lembrança que você chegou a duvidar de estar no lugar certo. Então tomou consciência de que estava no local exato onde, há dezesseis anos, se encontrava o corpo inerte da mãe de Ali, cuja morte você atestou. Você respirava agora com dificuldade. O ar parecia saturado por um mal invisível. A morte, você pensou. Ou, pior ainda, a ausência de vida. Súbito, você teve a sensação de violar, com sua presença, um lugar sagrado. Uma igreja onde não se reza mais há séculos. O templo de um deus no qual ninguém mais crê. Você partiu imediatamente.

    Você conduziu o carro que te emprestaram na direção do dispensário onde antes cuidava dos moradores do bairro. Talvez para te lembrar que tinha feito o bem naquela montanha e lavar-se, assim, do sentimento de profanação que acabara de experimentar. Talvez para encontrar alguém capaz de te informar a respeito de Ali. Talvez por nenhuma dessas razões. Você pegou o caminho contrário ao que ele te indicara na primeira vez que se encontraram; um caminho percorrido centenas de vezes desde então. Na estrada, avistou a clínica islâmica que estava sendo construída no momento da sua partida e cuja construção parecia nunca ter sido concluída. Você estacionou o carro do lado direito, como costumava fazer, e olhou, furtivo, pela janela. A noite que caía a subtrair o interior do prédio da tua visão; tudo parecia estar no lugar como no último dia em que você estivera lá. Mal pousara a mão na maçaneta, uma voz grave ressoou, encorajada por latidos. "Ei, você, o que quer?" As palavras do homem confundiam-se com os uivos dos molossos agitados. Você fez um gesto de pacificação à medida que ele se aproximava. Ele te encarou, incrédulo, depois acalmou os cães com um estalo enérgico da coleira. "Doutor? É você, doutor?" Você precisou de alguns instantes para reconhecer o filho de Moufid, que acompanhava o pai quando te consultava por causa dos dedos artríticos. Quando teve certeza de que era mesmo você, ele agitou as chaves do local que mantinha há mais de quinze anos no molho. Temendo que ninguém acreditasse nele ou, pior ainda, que o censurassem por não ter conseguido te reter, ele começou a gritar com a voz que te fizera sobressaltar alguns minutos antes: "Venha, *ya gamaa*! Venham rápido, o doutor voltou! O que vocês querem? Que eu vá buscar um por um? Se apressem!".

Eles começaram a chegar. Os primeiros, curiosos, acreditavam ser uma brincadeira. Um grupo de senhoras se aproximou a passos forçados. Uma delas puxou sua manga para que você se virasse. Quando te reconheceu, ela pegou as bochechas coradas entre as mãos como se acabasse de assistir a uma aparição. Logo eram várias dezenas a te rodear. Na escuridão da noite, você tentava distinguir seus traços. Alguns rostos eram familiares sem que os nomes necessariamente te ocorressem, outros apareciam pela primeira vez. Uma voz roufenha emergiu da multidão: "*Ya doctur*, você voltou de vez?". Você mal conseguia ver a pessoa que acabara de te interpelar. Como nenhuma palavra atravessava mais sua garganta, você se contentou com um aceno negativo da cabeça. Então uma mulher começou a bater palmas e entoou aquela canção árabe de Dalida que você botava para tocar no consultório. Aquela canção que Sadat escutava no avião que o trazia de volta das viagens oficiais. Aquela canção que todo um povo conhecia de cor, que você não escutava há anos.

Un ou deux mots...

Responderam em coro:

Il est beau, mon pays!

Houve um silêncio e todos retomaram de uma só voz:

Une ou deux chansons
Il est beau mon pays!
J'ai toujours eu l'espoir
D'y revenir un jour
Et d'y rester à tout jamais...[12]

Você escutava essa letra como que pela primeira vez. Não teria sido capaz de cantar com eles. Distinguiu na multidão uma mulher e a reconheceu de imediato: Amira. Seus lábios escreveram o nome dela à medida que você pousava a mão na têmpora esquerda, no lugar onde nascem as enxaquecas que ela te descrevia antigamente nas consultas. Seu riso irrompeu em meio ao canto...

Les souvenirs du passé
Mon pays, je les conserve
Mon cœur est empli d'histoires[13]

---

12. "Uma ou duas palavras.../ É lindo o meu país!/ Uma ou duas canções/ É lindo o meu país!/ Sempre tive a esperança/ De lá voltar um dia/ E ficar para sempre..." (N. T.)

13. As lembranças do passado/ Meu país, eu as conservo/ Meu coração está repleto de histórias. (N. T.)

Você fechou os olhos para ouvir apenas as vozes entremeadas. Isso não foi suficiente para conter suas lágrimas.

J'ai connu mon premier amour dans mon pays
Je ne pourrai pas l'oublier
Où sont passés les vieux jours,
Avant ton adieu? [14]

Às vezes alguns erravam a letra, ancoravam-se nos finais de frases ou apenas aplaudiam no ritmo, encorajados pela emoção que liam no seu rosto. Você colocou a mão no peito em sinal de gratidão. Como se algumas notas pudessem mudar o curso das coisas, por um momento eles acreditaram que você voltaria atrás na sua decisão.

Une ou deux chansons
Il est beau mon pays!
Où donc est l'amour de mon cœur?
Il était loin de moi
Et chaque fois que je chante,
Je pense à lui... [15]

Você descrevia a cena para Fatheya sem olhá-la, como se contasse mais a si mesmo do que a ela. Sentia a emoção te dominar à medida que a revivia.

---

14. Conheci meu primeiro amor em meu país/ Não poderei esquecê-lo/ Onde foram parar os velhos tempos,/ De antes do teu adeus? (N. T.)

15. Uma ou duas canções/ É lindo o meu país!/ Onde então está o amor do meu coração?/ Ele estava longe de mim/ E cada vez que canto,/ Penso nele... (N. T.)

— As raras pessoas que ainda se lembram dele me disseram que não o veem há anos. E essas cartas... não tem endereço nos envelopes. Meu Deus, como é possível, Fatheya? Ele morreu!

Ela virou-se na direção da igreja, ergueu os olhos ao céu e assumiu sua voz mais grave, como se temesse que, do caixão, sua patroa a flagrasse falando dela pelas costas.

— Sua mãe o via como um perigo, pensava que ele ia estragar sua vida se a história de vocês continuasse... Eles fizeram um acordo.

— Fizeram um acordo?

— Sim, eles fizeram um arranjo. Ela o mandou para longe, ele prometeu não tentar te ver de novo.

Você respirou longamente. Começava a compreender, mas evitava precipitar as conclusões.

— E essas cartas, então?

— Quando soube que você tinha deixado o Cairo, que essa história de morte falsa não tinha servido para nada, ele perguntou à sua mãe se ela aceitaria que ele te escrevesse. Ele se sentia culpado, queria que você soubesse a verdade. De todo modo, você não estava mais aqui, o que isso teria mudado? Sua mãe primeiro recusou, depois ficou com medo de que ele te procurasse. Então ela acabou pegando as cartas quando ele vinha ao Cairo. Ela o fazia crer que as mandava para você, que você só não estava pronto para responder...

Fazia anos que ela se preparava para a pergunta que se seguiu:

— E hoje, você sabe onde ele está?

— Sim. Quer dizer, acho que sim... Você se lembra do doutor Darwich?

— O amigo do papai?

— Ele abriu uma escola de medicina pelos lados de Sohag, no Said, há alguns anos. Sua mãe o mandou para lá.

Você não dizia nada. Sentia-se um estranho em sua própria história. Recusava-se a deixar-se invadir por essa nova esperança, tentando separar o joio do trigo, como naquela parábola sobre o reino dos céus que um padre estava declamando na igreja onde você deveria estar. Em seguida, ela se calou. Depois do silêncio, Fatheya pensou ouvir de longe minha voz recitando o texto que eu escrevera para Vovó. Você não escutava. Ela quase acrescentou algo, mas se conteve. A multidão começou um *Gloria Patri* com sua voz confusa, triturada pelos muros de pedra.

Glória ao Pai,
Ao Filho...

Você já tinha ido embora. Sem que eu pudesse imaginar, você acabava de escapar de mim outra vez. Eu tinha parado de te procurar com o olhar em meio à multidão. Estavam enganados, estavam todos enganados: o verdadeiro drama não se encenava em torno do caixão ornado de coroas de lírios, mas em outro lugar. Bem além dos fumos do incenso.

... Pelos séculos e séculos.
Amém

38

No momento em que enterravam sua mãe, você chegava à estação central do Cairo. Comprou a primeira passagem para o Alto Egito; o trem partiria dali a quinze minutos. Sentado num banquinho, um garoto escutava o rádio vigiando suas duas barraquinhas, onde se expunham jornais e alimentos ensacados. A instalação improvisada anunciava orgulhosa "Grande Magazine Internacional". Você não tinha comido o dia inteiro. Comprou um pacote de salgadinhos e lhe disse para guardar o troco. Sua voz era abafada pelo barulho do seu trem entrando na estação. Não seria a primeira partida precipitada pela qual te censurariam. Não importa, eles eram muitos a celebrar a morte; você preferia encontrar a vida.

Você gostaria de dormir e só acordar na estação de Sohag, mas muitos pensamentos atormentavam sua mente. Decidiu reler as cartas. Agora você as compreendia: elas eram um encontro marcado sem local nem data. Você acabou achando o lugar, o destino tinha decidido a data. Quatro anos depois da última carta, quando, exausto de esperar por suas respostas, ele desistiu de lhe escrever. Quando ele não esperasse mais o reencontro, você reapareceria. Diante dessa perspectiva, você sorria como uma criança.

Ali. Você revia aquele rosto no qual se proibira de pensar há anos, mas que às vezes ressurgia à noite. Você devia sonhar com ele assim como por muito tempo sonhei com você. Os sonhos só servem para isso: reviver os ausentes. Ele aparecia para você no meio do nada; você tentava abraçá-lo, mas esse esforço tirava seu sono. Sua visão desaparecia como uma chama que se inclina sob o sopro e acaba por se apagar. Entrincheirado na cama, você a observava se consumir, a um só tempo trágica e tranquilizadora. Lágrimas hesitavam, então, nos cantos de tuas pálpebras.

Ali, vivo... Será que seu subconsciente sempre soube que a morte dele era falsa? Que descobriu o estratagema imaginado por sua mãe? Ela era responsável por aquilo que estava acontecendo com você e, no entanto, a evocação dela não despertava nenhuma amargura em você. De que serve zangar-se com os mortos? Seu coração não carregava nenhum rancor; ele só batia pelas próximas horas.

Você absteve-se de avisar ao dr. Darwich sobre sua chegada. Não devia correr o risco de que Ali soubesse que você viria. Quem sabe qual poderia ser a reação dele? Talvez estivesse zangado porque você deixou as cartas sem resposta? Ou então temesse uma armadilha armada por sua mãe? Você preferia procurar nas missivas um indício de como seria o reencontro. Tentava projetar um cenário ideal para o momento. Valia mais a pena deixar a luz do dia ofuscar seu rosto ou esperar a noite para abrigar suas confidências? E se ele te pedisse para ficar com ele? Você teria coragem de desfazer as malas para sempre? Acabou dizendo a si mesmo que sim. Vocês retomariam o curso da vida no ponto exato em que ela havia parado, esperando que ela recomeçasse a partir do rompimento, como aquelas doenças que basta contrair uma vez para nunca mais temer os efeitos.

Você saboreou por alguns instantes a doçura dessa imagem antes que ela gerasse em você certa apreensão. O temor, instilado desde a infância, de que pedir demais ao céu acaba atraindo o mau-olhado. E se ele tivesse deixado Sohag? Afinal, como ter certeza de que não mudara de cidade ao longo dos últimos quinze anos? Ele poderia ter se tornado médico, adquirido a clínica de um colega numa cidade rural próxima. Você se tranquilizou: caso seja necessário, o dr. Darwich certamente saberia te informar. E se ele tivesse encontrado alguém desde a última carta? Devia ter quanto? Trinta e seis anos? Ele era bonito, sem dúvida era cobiçado. Seu cérebro perdia-se em conjecturas desordenadas, cada interrogação encadeava muitas outras. Como era possível que esse pensamento não tivesse se insinuado antes na sua mente? Talvez ele até estivesse casado, fosse um chefe de família. Trinta e seis anos... aí estava ele mais velho do que você na época em que se conheceram. Quais eram as suas aspirações naquela idade? Você ainda conservava algo em comum com aquele médico de Dokki recém-casado e que não poderia ter imaginado essa relação de consequências devastadoras? Nada de mais, a não ser talvez aquele frêmito inalterável no momento de encontrar o mesmo homem. Ali casado? Você sorriu ao evocar essa imagem. Ele zombava bastante do seu conforto burguês; não era o tipo de pássaro que se deixava aprisionar! Temos que admitir, sem mulher, sem compromisso... seria possível que gostasse de outro homem? Um Said de olhos escuros com quem ele reproduziria suas valsas clandestinas. Essa última hipótese envolvia seus pensamentos com um véu melancólico.

Você tentou raciocinar. Se Ali te contasse que amava outro homem, se ele tivesse encontrado em outro lugar a ternura que merecia, você não deveria deixar que nenhuma decepção maculasse o reencontro. Agradeceria ao destino por tê-lo posto de volta no seu caminho e mensuraria a sorte de sabê-lo são e salvo. Estava decidido, se ele anunciasse sua felicidade, você não deixaria nenhuma tristeza tomar conta do próprio rosto. Você se contentaria em tomá-lo nos braços, talvez pela última vez, e essa última vez que a vida te negara quinze anos antes não teria preço. Você o apertaria junto de si, tentando discretamente apreender seu cheiro, e escolheria palavras simples, palavras sem ambiguidade. Diria a ele que era uma notícia maravilhosa. Sim, é isso, você lhe diria assim: "É uma notícia maravilhosa, Ali. Desejo a vocês dois uma linda vida de amor". Ao dizê-lo, você sorriria para que ele não duvidasse da sua sinceridade. Sorriria exagerado, sorriria falso, mas sorriria. Das sombras insondáveis da alma, você invejaria a sorte insana do outro, mas nem por isso deixaria de sorrir. E partiria.

***

Perguntei a Fatheya se você acreditava em Deus. Eu a vi ainda mais aterrorizada do que no dia em que pronunciei o nome de Ali na frente dela. "É claro que ele acredita em Deus!", respondeu ela, persignando-se três vezes como que para indicar ao Altíssimo que se tratava de um mal-entendido, que a afronta fora reparada e que só havia cristãos honestos no cômodo em que conversávamos. "E por que ele não acreditaria em Deus,

hein?" Para uma pergunta absurda, uma pergunta absurda e meia. O ônus da prova recaía agora à acusação.
 Não posso culpá-la, a dúvida é a inimiga de longa data das religiões. Glorificam aquele que, sob ordens divinas, assassinaria o filho no alto do monte Moriá e apontam a fraqueza daquele outro que precisa ver para crer. Minha pergunta era, no entanto, inocente: eu queria saber se você também tinha um pai invisível ao qual se dirigia às vezes.

Você deixou o Cairo esquivando-se das últimas homenagens à sua mãe, sem ouvir todos desejarem que ela descansasse em paz, antes de poder constatar a inépcia desses votos. Sabia muito bem que ela não teria um repouso tranquilo, ela que, mesmo depois da *molokheya* dominical, sempre dormia com um olho aberto e outro fechado. Para que desejar às pessoas estados que não combinam com elas? A ideia de um paraíso onde uma Vovó diferente da que amei estaria me esperando me pareceu, de repente, inútil. Aliás, que idade ela teria lá no alto? A da mãe que você tinha conhecido ou a da avó que eu acabara de perder? Se há vida após a morte, ótimo, mas vivi hipóteses demais para me impor mais uma.
 Portanto, não posso afirmar que você acreditava em Deus no dia em que sua mãe anunciou a morte de Ali, quinze anos antes. Se acreditava nele apesar disso, ou ainda, se começou a acreditar *por causa* disso. Se tinha conservado a esperança de revê-lo na eternidade em que supostamente todos vamos nos reencontrar. Se tinha rezado para que ele também descansasse em paz.

Mais de três quilômetros separavam a estação central de Sohag da universidade situada na margem oposta do Nilo. Táxis alinhados à espera dos passageiros vindos do Cairo como crianças esfomeadas num refeitório na hora do almoço. Depois de ter combinado o preço para levá-lo ao hotel, você se enfiou no primeiro veículo da fila. Nos quinze minutos que durou o trajeto, você avistou a multidão pensando que Ali poderia estar lá. Seu olhar demorou-se mecanicamente em grupos de jovens, como se aquele que você deixou pudesse não ter envelhecido. Por vezes, você hesitava ao ver alguns. Sentia uma frustração quando o motorista arrancava antes que você conseguisse expulsar qualquer dúvida da mente. De qualquer forma, não gostaria que ele te visse assim, com olheiras da viagem, do luto e da espera. O taxímetro desfilava números aos quais ninguém dava atenção. O trajeto chegava ao fim; você segurava as cédulas amareladas de uma quantia um tanto superior à combinada.

Você apoiou a mala ao pé da cama, sem tomar o tempo de desfazê-la. Seus olhos perdiam-se na visão que o quarto oferecia. Dois pescadores lançavam uma rede da frágil embarcação. Deslizavam sobre as vagas indolentes do Nilo onde se contemplava um céu sem nuvens. Você abriu a porta de correr e avançou para a varanda. Encostado no parapeito de ferro forjado, olhava os passantes margeando o rio aos seus pés. Aqui, um casal apaixonado avançava a passos arrastados. Lá, uma mulher bordava contemplando a outra margem. Você ficou pensativo por alguns instantes, depois voltou para o quarto. O telefone estava sobre um grande aparador. Você o fitou, ávido pelas palavras que ele traria. Tinha planejado ligar para a secretaria da universidade a fim de obter o endereço de Ali caso o dr. Darwich não estivesse presente para recebê-lo. Não foi necessário, ele atendeu depois de alguns toques. Propôs um encontro nas próximas horas, sem que você precisasse justificar a razão do pedido. Só o seu nome — o do seu pai, na verdade — fora suficiente. A menos que tenha imaginado o motivo da sua vinda.

39

Montreal, 2000

Os painéis acústicos do teto falso respondem aos ladrilhos lustrosos do piso. Viviane Daniels os conhece bem demais para prestar atenção. Ela avança pelos corredores do Royal Vic empurrando seu carrinho e, às vezes, soltando uns palavrões. Apesar de anglófona, admite misturar algumas blasfêmias quebequenses para que a integralidade da sua plateia possa se beneficiar.

Ela põe no lugar o anúncio que escorrega da moldura metálica. "Para preservar a confidencialidade das conversas, por favor aguarde aqui." "Aqui" é uma linha de fita adesiva colada no chão enrugada em alguns pontos. O carrinho de Viviane esbarra com frequência no "aqui". Uma carta chegou três dias antes, mas o dr. Seidah estava de férias. O envelope comporta um selo egípcio. Viviane não o introduziu no escaninho do médico como manda o protocolo em caso de ausência. Se lhe perguntassem por quê, ela não saberia o que responder. Ninguém lhe pergunta nada. Subindo ao primeiro andar, ela nota uma luz no seu escritório. Ele parece mergulhado na leitura de uma avaliação pré-cirúrgica.

— O senhor não está de férias?
— Eu encurtei.
— Ah, isso é muito a sua cara, na primeira vez que as tira! Isso teria lhe dado um descanso.
— Me parece que os pacientes nunca tiram...
— É por isso que eles precisam de um médico em plena forma.
— A senhora tem resposta para tudo.
— Sim, e tenho até correspondência para o senhor!

Ela retira vários envelopes do organizador de metal e estende-os para ele.

— Obrigado, Viviane.

Ele põe os envelopes na mesa e continua a leitura da tela.

— Viu? O senhor tem correspondência do exterior também.
— A senhora é muito indiscreta!
— Ora, ora, ora... Tenho uma rodada para terminar! Tenha um bom dia, doc.
— Bom dia.

Ele pronuncia essas palavras com uma voz neutra, sem desviar o olhar da tela. Espera alguns minutos até que ela se afaste antes de retirar do lote o envelope amarelo pálido cujo selo egípcio aparentemente atraíra a curiosidade de sua colega.

Cairo, 9 de agosto de 2000

Dr. Seidah,

Recebi sua carta e compreendo que seu tempo é precioso. Não tenho a intenção de abusar, mas gostaria de verdade que reconsiderasse sua posição. Acho que não informei, mas minha investigação concerne particularmente aos médicos que tenham tratado de pacientes acometidos pela doença de Huntington. Acredito que a causa lhe seja cara.

Fico no aguardo de sua resposta que espero favorável, e lhe envio minhas cordiais saudações.

Ahmed Naguib

40

Escrever é uma bela porcaria. Não fui eu, mas Fatheya quem disse. No início, achei que poderia contar a sua história, escolher palavras, belas palavras, palavras como as das tragédias francesas expostas num bom lugar na estante de carvalho da Vovó. Achei que isso bastaria. Dizer o que eu sabia de você, inventar o resto, encontrar desculpas para você, te descrever na medida daquele que eu gostaria que você fosse. Pior, achei que poderia ficar de fora do relato. Era loucura. Não podemos ficar fora da própria história. Daquilo que nos precedeu, nos fez falta, nos construiu. Então acabamos por narrar a nós mesmos. Retiramos as palavras ornamentais, mantemos apenas as que soam certas. Se não são plausíveis, se não explicam o que é ou o que poderia ter sido, elas não servem para nada. Rasgamos páginas inteiras de artifícios cômodos, verdadeiras esquivas, subterfúgios, para, enfim, perceber que descrevemos tanto o próprio ódio quanto a covardia do outro. E disso saímos esgotados.

— Por que está escrevendo tudo isso? Tem certeza de que te faz bem remoer as velhas histórias?

— Não sei bem...

— Além do mais, não é isso que vai trazê-lo de volta, não.

— Sim, eu sei.

— Essa história está me parecendo uma bela porcaria!

Parei de escrever por muitas semanas. Eu precisava compreender o que me impelia a contar sobre você, a tentar com dificuldade decifrar o passado na idade em que todos os meus colegas procuravam prever o futuro. Depois voltei para Fatheya com a impressão de ter encontrado a resposta àquela pergunta. Eu lhe disse que cabe a todos o direito de iluminar a terra com sua própria luz. A tua fora quase sempre apagada pela estupidez humana, pelas tramoias ou por uma forma de perseguição do destino. Era importante para mim te devolver um pouco dessa luz que o mundo não quis aceitar. Ela, que habitualmente zombava das minhas frases de efeito, calou-se. Acho que compreendeu o que eu queria dizer. Ao redigir as próximas linhas, no entanto, sinto que essa chama está de novo prestes a se apagar antes de ter produzido luz e calor. Assim, serei breve.

Sua partida precipitada do enterro provocou o burburinho que você imagina. Só Fatheya conhecia a causa; como não passaria pela cabeça de ninguém lhe perguntar sobre o assunto, ela teve que mentir. Fui o único a quem ela contou sobre a conversa de vocês, assim que voltou para casa. Portanto, foi com algumas horas de diferença que você e eu descobrimos a encenação em torno da morte de Ali. Fatheya me oferecia o último segredo sobre você, um segredo que sobreviveria à Vovó por apenas alguns dias. Eu poderia acreditar que ela estava aliviada por essa confissão, mas seu rosto subitamente se tornou o de uma idosa, como se não tivesse se livrado de um peso, mas sim de uma parte de sua vida. Ela me entregou uma folha na qual estava anotado o número de telefone que te informara um pouco antes, depois se levantou com dificuldade, pegou os pertences que a aguardavam na entrada e retornou para a casa dela sem tentar mensurar o efeito que suas revelações acabavam de produzir. Ela fez o que tinha que fazer, o que viria a seguir cabia a mim.

Era tarde, então eu aguardava o dia seguinte para ligar para o dr. Darwich. Ele acabara de te encontrar, mas repetiu para mim o que havia dito a você. Falou-me de Ali, aquele garoto pouco loquaz de quem sua mãe lhe pedira para cuidar, o que ele aceitara por amizade a seu falecido pai. Ela disse-lhe apenas que o rapaz se interessava por medicina, conhecia os rudimentos e com certeza ficaria encantado em acompanhá-lo na sua prática se ele visse a oportunidade. Assim foi feito. Ali revelou-se de uma destreza impressionante para um garoto que jamais frequentara um curso. Ele obviamente repetia gestos que aprendera em outro lugar, embora sempre tenha se negado a precisar as circunstâncias.

A faculdade de medicina de Sohag seria inaugurada em 1992. Era uma construção enorme que se estenderia por vários anos e na qual o dr. Darwich estava engajado em pessoa. Além de assistir o médico em seu consultório, Ali acabou lhe prestando auxílio no projeto; basicamente: tarefas administrativas, um pouco de secretariado e diversas comissões. O médico não deixava de se impressionar com esse garoto de condição modesta que, apesar de ter aprendido a ler mais tarde, dominava os usos da alta burguesia. Um dia, ele teve a ideia de elaborar um dossiê para que seu assistente integrasse a primeira turma de estudantes da faculdade. Apoiou um pedido de equivalência dos anos de prática passados a seu lado e obteve para ele uma bolsa de estudos. Ali nunca formulou nesses termos, mas era, por óbvio, um sonho que se lhe oferecia.

O dr. Darwich às vezes interrompia seu relato como se temesse perder o fio da meada. Ali se saiu muito bem durantes os primeiros dois anos, superando até os filhos de notáveis que tinham frequentado boas escolas do Cairo ou de Alexandria. Depois, começou a desenvolver alguns distúrbios, primeiro motores, depois cognitivos, que preocuparam o médico. Apesar de precoces para a sua idade, os sintomas lembravam os da doença de Huntington, diagnóstico corroborado pela descrição de prováveis antecedentes familiares. Descobriu-se depressa que seria impossível para ele exercer a medicina. Ali não precisou que ninguém lhe dissesse, ele pudera observar a progressão da doença em sua mãe e sabia o que esperar. O médico tentava encontrar tarefas que estivessem a seu alcance, mas continuava sendo difícil abordar o assunto com Ali; ele era orgulhoso demais e não queria que tivessem piedade dele.

No início de 1997, encontraram Ali afogado no Nilo. Era impossível dizer se se tratava de uma escolha desesperada ou de um acidente estúpido, já que seus distúrbios motores tinham se agravado bruscamente ao longo do ano anterior. Eu compreendia que a primeira hipótese ganhava, apesar de tudo, da convicção do médico. Não sabendo qual era meu vínculo com Ali, parecia que maneirava as palavras com uma preocupação cirúrgica.

— Não se pode condená-lo, sabe. Cada um lida com a doença como pode e Ali demonstrou muita coragem. Era um bom rapaz, muito dedicado... Fico feliz que alguém se importe com ele hoje em dia, eu não conhecia nenhuma ligação dele. Nós o enterramos como se deve. Consegui que a faculdade cobrisse uma parte dos custos; sua avó, que Deus a tenha, também contribuiu. Acho que ele a visitava quando passava pelo Cairo: uma vez me pediu para lhe transmitir seus cumprimentos. A propósito, soube pelo Tarek que vocês estavam de luto, sinto-me mal por lhes dar mais essa má notícia...

Ele tinha de se retirar, mas me convidava a ligar outra vez à noite se eu tivesse outras perguntas a fazer. Que outra pergunta eu teria para fazer? Agradeci e desliguei. Lembrei-me das cartas em que Ali fizera alusões que eu não compreendia à mãe dele. Revivi a urgência nos seus olhos quando você deixou o apartamento de Vovó depois da descoberta delas. Imaginei o vazio que tomou conta de você quando soube da notícia, apenas alguns instantes antes de mim. Você deixou o Cairo para reencontrar a pessoa que te era mais cara; ela acabara de morrer pela segunda vez.

41

As lembranças só têm valor para aqueles que as povoam. Uma vez que esses desaparecem, elas se tornam uma moeda fora de circulação, dinheiro falso do qual se deve desconfiar. Quando Ali morreu, quinze anos antes, você decidira enterrar sua história nos recônditos da mente. Uma localização esquecida pelos mapas, um local secreto onde ninguém viria exumá-la. Em algumas horas, porém, Ali retornara dos mortos, fazendo de você aquele velho louco que procura desesperadamente o tesouro de que se desfizera por não acreditar no seu valor. Pelo tempo que durou essa ilusão, você cavou com as próprias mãos o solo arenoso da memória, a ponto de fazer sangrar os dedos e agonizar a razão. Meu coração aperta quando o imagino prestes a viver a ressureição de um homem morto para sempre.

Agora que a miragem esvanecera, quando você quase duvidava que Ali tivesse existido algum dia, você retirou pela última vez as cartas dele do envelope que as continha. Elas eram a única materialidade do seu amor, esse fio tênue que, em outros tempos, bastaria puxar para que a vida os conduzisse de novo um ao outro. Será que Ali acabou compreendendo que não as remeteram a você? Em todo caso, ele conhecia o risco. Sabia que com certeza seria lido por sua mãe. O temor de uma censura transpirava de cada uma de suas palavras. Ele escrevia: "Pensei em você outro dia", mas isso queria dizer "Não te esqueço, não consigo te esquecer. Apenas me diga que não me quer mal". Mesmo as expressões mais banais deixavam claro.

Num esforço derradeiro, você tentou compreender o que poderia ter levado àquele simulacro de morte quinze anos antes. Sua mente se esforçava para recriar a conversa que selara a história de vocês, o pacto oculto que Ali deve ter feito com a sua mãe. Agora você estava tão desamparado quanto eu, obrigado a montar as cenas que não vivera, mas que tinham forjado seu destino.

 Você imaginava sua mãe indo ao Mokattam, que lhe era totalmente desconhecido, empurrando com o cotovelo a porta de uma casa onde tantas vezes você comera, sem esperar ser convidada para depositar em uma cadeira o casaco de pele. Que palavras ela tinha pronunciado para convencê-lo a desaparecer? Será que o tinha ameaçado? Subornado? Ele não era daqueles que se deixam ditar o comportamento. Então o quê? Será que lhe disse que ele só teria chance de se tornar médico se obtivesse um diploma? Talvez. Que ele punha em perigo seu casamento, sua reputação, sua família? Certamente. Que era a única coisa a fazer se ele te amava de verdade? Será possível que ela tenha empregado o verbo *amar* para descrever o laço que os unia?

Ele poderia ter se contentado em pôr um fim à relação, invocando um pretexto qualquer antes de desaparecer. Mas suspeitava que você não o deixaria partir e que, mesmo que conseguisse, você faria de tudo para reencontrá-lo. Sua mãe com certeza chegara à mesma conclusão, pois não havia a menor dúvida de que aquela encenação trazia a sua assinatura. A morte falsa, a partida verdadeira, a esperança de que o filho recobrasse a razão... Com sua minúcia habitual, ela necessariamente tinha pensado nos mínimos detalhes do seu plano antes de convencer Ali a participar dele. A situação tinha se tornado insustentável, tanto para ele como para você. A morte simulada tornava-se a única saída. Ele apenas aceitou a mão que lhe estendiam.

Quanto mais você pensava nisso, menos conseguia sentir raiva dele. Afinal, em nome de que ele recusaria? Do trabalho que você lhe oferecia? Do seu amor clandestino sem futuro? O desequilíbrio de suas existências tinha lhe dado o sentimento de ser seu benfeitor, mas, afinal de contas, o que você tinha feito por ele? Do médico, ele era apenas o assistente. Do homem, o amante. Você o reduzira a migalhas da sua existência, a papéis coadjuvantes sem ambição. Jamais renunciara ao que quer que fosse por ele. Apenas tinha compartilhado um pouco do seu presente sufocante, enquanto sua mãe lhe oferecia um futuro. Você chegou a se perguntar se, enfim, ela não tinha se revelado mais generosa com ele do que você.

42

Montreal, 2000

"Quem é o senhor?"
  Em árabe, a pergunta se resume a duas palavras. Tarek as introduz num envelope que levará a uma agência dos correios no fim de sua jornada de trabalho. Há justamente uma embaixo do prédio, onde estão localizados os escritórios da Sociedade Huntington do Quebec. Ele deve ir lá à noite para dar um treinamento aos acompanhantes e profissionais de saúde. Isso lhe dá tempo de voltar para casa e trocar de roupa.

O elevador do prédio emite seu som metálico de costume ao abrir as portas no quinto andar. Tarek sai, vira à esquerda, abre a segunda porta, põe os pertences na mesa da sala de jantar. As paredes são brancas, nenhuma moldura afixada nelas. Nada de pintura, fotos ou plantas, alguns livros de medicina nas prateleiras de uma estante IKEA. Uma porta de vidro deixa entrever as cores outonais das árvores. Ele liga o rádio mecanicamente, conversam sobre a morte de Pierre Elliott Trudeau. Acaba desligando-o e põe para tocar uma fita cassete de música que encontrara na véspera. Algumas notas emergem do passado; ele rebobina para retomar do início da canção. Dalida fala de um país que ele também conheceu. Embrenha-se nos vapores de uma ducha que será rápida.

43

Não é que nos acostumamos com os lutos: apenas acabamos afeitos à ideia de que somos mortais. Por vezes, neles encontramos até uma espécie de tranquilidade. Ainda choramos de vez em quando. Choramos para nos sentir vivos, choramos como um lembrete de nosso próprio prazo, choramos para medir a extrema precariedade dele. Dizem que choramos pelos que nos deixaram, mas, na verdade, choramos sempre pela nossa própria impotência.

Quando bebês, sabíamos por instinto que chorar era o caminho mais curto para o sono. Era um choro sonoro, um choro fisiológico, insensível aos esforços de distração que a ele opunham. Um choro ávido pelo esgotamento que ele não deixaria de provocar, que mal se perturbava com o fato de tentarem nos consolar, ainda que não estivéssemos nem um pouco tristes. Um choro que não estava nem aí para essa absurda falta de interpretação. Um choro egoísta.

Você com certeza chorou ao saber da notícia, mas era como se eu não conseguisse mais imaginar a sua vida a partir desse exato momento. Tinha-o fantasiado até então, reunindo o melhor que podia os relatos contraditórios de Fatheya e suas raras fotos, as cartas de Ali e os subentendidos nos quais minha infância fora macerada. Eu criara esse pai que a vida tinha me negado e que evoluía numa existência paralela em que eu não era admitido. No início o fiz por mim, convencido de que dessa equação de mil incógnitas só poderia resultar a pessoa grandiosa que faltava na minha vida. Depois, sem realmente perceber, comecei a fazer por você. Como lutamos em nome de um pai que insultam na sala de aula, como reabilitamos um homem que não está mais aqui para se defender, como apoiamos alguém próximo de modo incondicional. E, no entanto, o que você tinha de próximo? Era, antes, o exato oposto: distante. Aí está, você era para mim alguém distante e de quem, inexplicavelmente, eu gostava. A soma de minhas subtrações acabara por narrar uma história: a sua. Ou, para ser exato, minha história sobre você. Ela se transformou numa verdade a um só tempo esplêndida e frágil, uma estátua imensa com pés de ferro e argila como jamais acreditei que existisse fora das páginas de corte dourado do missal da Vovó.

Tudo isso acabava de terminar. Parecia-me então que a menor suposição adicional poderia fazer voar pelos ares essa instável verossimilhança. Assim, parei de inventar. Eu me achava incapaz de continuar me colocando no seu lugar, incapaz de saber se tinha decidido levar flores à segunda sepultura de Ali, de imaginar o que, desespero ou cólera, tinha enfim vencido em seu íntimo. Será que cogitou juntar-se a ele nesse Nilo que o arrancava de você mais uma vez, ou a vida, ao contrário, tornara-se essa violenta evidência da qual você não podia mais se subtrair? Você tentou reconstituir o que tinha sido a vida dele em Sohag ou voltou sem demora para salvar o que restava da sua em Montreal?

Agora paro de escrever sua vida, porque as palavras não podem tudo. Elas não podem trazer de volta da morte os que nos deixaram, não podem curar os doentes ou resolver as injustiças, assim como é absurdo alegar que declaram guerras ou lhes põem fim. Em ambos os casos, elas são, na melhor das hipóteses, apenas um sintoma; na pior, um pretexto. Paro de escrever a sua vida, porque ela não me pertence, porque ela resulta apenas de uma liga improvável entre sua falta de sorte e suas decisões ruins, porque o último dos infelizes não a desejaria, porque não se pode preencher uma ausência com frases. Paro de escrever sua vida, porque ela foi maltratada por muitas mentiras para que eu acrescente, ainda que de boa-fé, as minhas. Paro de escrever sua vida, porque preciso que você a conte para mim, porque não quero mais nenhuma outra versão. Se me ler, é porque consegui, porque estamos sentados à mesa, um diante do outro, porque me libertei destas páginas acumuladas há tantos anos, porque acabei achando um meio de te dizer que eu existo, porque te impeli a encontrar em mim uma semelhança com você e minha mãe.

Tremo diante da ideia de conseguir, me arrepio ao imaginar que estas palavras jamais serão lidas. Você me fez falta, meu pai.

44

Montreal, 2001

Um sucedâneo de pinheiro abre penosamente os braços sintéticos sobrecarregados de bolas compradas no Dollarama. Enfermeiros e doentes o contornam como um obstáculo ao qual não se presta mais atenção. O Ano-Novo, no entanto, já envelheceu algumas semanas, mas o tempo não se mede da mesma maneira num hospital. Os que sabem que sairão daqui procuram matar o tempo, os outros tentam ganhar um pouco mais. Eles o injetam na veia, reajustam-no de um hemograma a outro, põem a cabeça no lugar ou acabam por perdê-la.

Um mensageiro avança com passos apressados em direção à recepção. No vidro, as faixas com motivos de neve falsa e uma mensagem solicitando tocar a campainha em caso de ausência do agente. O agente está ausente. O mensageiro toca. Algumas palavras acabam escapando do anteparo do guichê. "Bom dia, como posso ajudar?" Uma voz feminina, um tom indiferente. Ele precisa de uma assinatura, ela sai do balcão por uma porta lateral. Dr. Seidah está numa cirurgia. Viviane vai esperar o fim do dia para lhe entregar o pacote.

45

Cairo, 2001

— O que você está fazendo?

Ela mantinha-se no vão da porta. Meu primeiro reflexo foi virar para baixo a caderneta na qual eu escrevia antes de lhe dizer que ela estava me assustando. Na nossa vida, agora limitada a um andar, um quarto de hóspedes ficava ao lado do meu. Às vezes Nesrine dormia ali quando o jantar demorava uma eternidade e ela preferia dizer ao motorista para não esperar.

Ela permanecia lá, impassível, a mão ainda pousada na maçaneta. Seu silêncio parecia significar que eu não lhe tinha respondido. Improvisei:

— Estou terminando meus deveres...

— Em papel de carta? — ela sorriu. — Não é uma carta de amor que está te impedindo de dormir, é?

Não respondi.

— Você está escrevendo para o Tarek.

Não era uma pergunta, tampouco uma reprovação. Sua voz era de uma suavidade segura. Fiquei surpreso. Um pouco menos pelo fato de ela estar ciente do que por ouvir seu nome. Acho que era a primeira vez que ela o pronunciava na minha frente. Você não era mais "ele", nem "meu irmão", nem aquela sombra que assombrava os subentendidos que passei uma infância inteira fingindo não compreender. Você era "Tarek" para a sua irmã e ela sabia que eu escrevia para você. Quase me senti aliviado. Sem tentar forçá-la, ela acompanhou minha mão e a fez virar a caderneta. Abri a palma para convidá-la a pegar. Ela franziu ligeiramente as sobrancelhas à descoberta das palavras. Leu-as em silêncio.

46

Montreal, 2001

Ela empunha da porta a caixa de papelão carimbada com caracteres árabes. Ele a convida a entrar. Não é um envelope amarelo pálido, mas não há dúvidas de que o remetente é o mesmo dos envios anteriores.

— O que é?

Ela responde com um gesto impaciente das mãos que poderia significar: "Como é que eu vou saber?". Ou talvez: "Se o senhor continuar, serei eu quem vai abrir sua porcaria de caixa!". Ele finge não perceber a curiosidade dela, sacode o pacote perto da orelha direita, levanta os ombros como alguém que entrega os pontos, diverte-se com a impaciência dela. Acaba abrindo a caixa.

— Um relógio?

Não um relógio qualquer. Foi sua vez de não responder. Suas sobrancelhas franziram-se. Ele vira o relógio de bolso e observa as iniciais que pressentia ali encontrar. As de seu pai, antes de serem suas. Só o tilintar da corrente perturba o silêncio que se instalou. Viviane acaba por rompê-lo:

— É o jornalista de novo?

— Se ele é jornalista, sou primeiro bailarino...
— Então?
Ele parece refletir, depois deixa para lá:
— Alguém que gosta de brincar, visivelmente... ou que está tentando voltar no tempo. — Com a unha do polegar, ele ergue e em seguida fecha mecanicamente a tampa do relógio.
— E isso o preocupa?
— Não. Para ser honesto, poucas coisas me preocupam, e os relógios de bolso não são uma delas.
A ilusão de um sorriso instalou-se de leve em seu rosto. Viviane nem sempre entende o humor dele. Ele fica sério novamente.
— Se ele estivesse tentando me preocupar de verdade, iria por outro caminho. Enfim, eu suponho.
— O.k., fico contente. Eu não gostaria que... Enfim, bem, ao menos é um belo relógio!
Ela finge segurança e termina a pausa, cujo limite oficial já foi há muito ultrapassado. Ele espera que do corredor lhe chegue o ruído do fechamento das portas do elevador para abrir a gaveta da escrivaninha. Retira a foto que acompanhava a segunda carta, contempla-a por um tempo, parece procurar ali um detalhe, uma resposta. Uma confirmação, talvez.
A caixa da remessa contém duas folhas que acompanham o relógio. Ele evitou retirá-las na presença de Viviane. Abre a primeira, reconhece o folheto impresso em preto e branco do congresso médico americano do qual deve participar em setembro, em Boston.
As datas do evento estão sublinhadas, assim como seu nome entre os dos oradores. Uma conferência sobre a doença

de Huntington. A segunda folha é de um formato menor, um papel de carta com inscrição manuscrita:

"Eu gostaria muito de encontrá-lo lá. O senhor estaria disponível para um café na terça de manhã, às oito e meia?"

O endereço de um pub irlandês está escrito embaixo da mensagem; são as únicas letras latinas.

47

Cairo, 2001

Havia tanto para contar antes de chegar àquela carta que eu estava escrevendo para você quando Nesrine me surpreendeu. Eu lhe descrevi as coisas na ordem em que aconteceram. Sua ausência, a necessidade de te conhecer, as confidências de Fatheya, as cartas de Ali, esses fragmentos de existência cujo rearranjo tinha se tornado vital para mim. Eu não encontrava nos olhos dela nenhum traço de julgamento. Apenas a doçura que me dava coragem para continuar. Às vezes o olhar se toldava quando ela tomava consciência do peso acumulado dos não ditos da minha infância. Não procurei saber o que a levara ao meu quarto naquele exato momento. Talvez ela já tivesse desvendado parte do que eu estava prestes a lhe revelar. Isso realmente não tinha muita importância.

À medida que eu falava de você, mil perguntas me ocorriam, mil lacunas que surgiram quando eu tentava escrever a sua vida, mil deduções às quais me entreguei para tentar contorná-las. Mas era cedo demais para lhe pedir que esclarecesse meus pontos cegos. Cedo demais para confrontar o pai que eu imaginara na lembrança implacável da irmã. Nesrine me escutava sem me interromper. Eu prosseguia, esforçando-me para conter a emoção que me vencia enquanto meu relato alcançava o presente. Aquela oportunidade perdida que tanto esperei, sua partida para Sohag, as revelações do dr. Darwich...

Ela calou-se por alguns instantes, como se o problema insolúvel que eu enfrentava pouco a pouco se tornasse dela. Acabou apontando o dedo para a carta na qual eu marcava o encontro com você.

— E isso?

Enrubesci antes de lhe entregar as últimas chaves.

— Eu o convenci de que era jornalista, que estava escrevendo um artigo sobre os médicos egípcios... Não encontrei um meio melhor de entrar em contato com ele. Ele me respondeu. Tem esse congresso em Boston, no início do ano letivo. Vou convidá-lo para tomar uma bebida. Se não me responder, vou dar um jeito de assistir à conferência dele e depois ir vê-lo. Sei que a mamãe jamais me deixaria partir para Montreal: ela ligaria os pontos na hora. Mas Boston... Além do mais, é um pouco antes da retomada das aulas, é uma oportunidade que não vai se repetir tão cedo. Não posso esperar mais, entende? Preciso vê-lo, falar com ele...

Nossa conversa, um filete de água que não devia secar. Sentia minha tia desestabilizada. Ela descobria de uma só vez a busca que ocupara em segredo minha adolescência e a reviravolta vertiginosa que estava prestes a sofrer. Ela enrolou mecanicamente uma mecha de cabelo ao redor do indicador, procurando medir a dimensão das minhas últimas palavras. Minha determinação era total: tentar me dissuadir não daria em nada, sabotar minha viagem apenas a adiaria. A granada sem pino acabaria por explodir, era uma questão de lançá-la na direção em que causaria menos estragos.

— E você planejou ir para lá como? Quero dizer, a hospedagem, o dinheiro, tudo isso? O que vai dizer à sua mãe?

Preferi evitar entrar nos detalhes dos meios previstos. Eu não queria assustá-la ainda mais e, na verdade, ainda me restavam inúmeros obstáculos a vencer a poucas semanas do congresso ao qual você devia ir. Dei de ombros.

— Tudo o que sei é que ele me faz falta... quero dizer, ele faz falta na minha vida.

— Você só tem uma vida, Rafik. A única coisa que importa é que ela se pareça com você...

Parecia que ela procurava no meu rosto a marca do tempo que tinha passado. Nos últimos anos, apontavam cada vez menos minha semelhança com minha mãe. A adolescência esbatia cada vez mais os traços que me atribuíam em comum com aquela que não sabia nada dos tormentos do filho. Nesrine teria que escolher a quem, a Mira ou a mim, ela manteria a lealdade. O amor e a exasperação disputavam seu sorriso quando ela concluiu dizendo:

— Escute, vou pagar a sua viagem a Boston. Vou dar um jeito de convencer a sua mãe, será seu presente pelos dezessete anos... Mas nem uma palavra sobre essa conversa, entendido? Foi você quem escolheu o destino, não tenho nada a ver com isso...

Ela não tinha terminado quando a abracei. Eu queria apenas agradecer, mas senti as lágrimas escorrendo sem conseguir detê-las. Era como se, ao relaxar, meus músculos tomassem consciência da contração que os enrijecia desde sempre. Eu chorava como chora alguém de dezesseis anos, idade na qual justamente desaprendemos a fazê-lo. Ela passou a mão nas minhas costas com carinho enquanto terminava o que tinha a me dizer:

— ... cuide-se, acima de tudo. Você vai escrever todos os dias para mim e para a sua mãe. E nada de maluquices... Ele vai reagir como tiver que reagir...

Eu me perguntei qual poderia ser sua reação se eu não conseguisse conter as lágrimas ao te encontrar. Um filho tem o direito de chorar diante do pai?

NÓS

48

Cairo, 2001

Um avião desloca-se na pista de decolagem. Esgueira-se entre os veículos com luzes rotativas que conduzem os homens de coletes fluorescentes. O resto é quase todo cinza: o asfalto cheio de cicatrizes de um branco sujo, a torre de controle, as escadas metálicas que levam à pista... A única mancha de cor provém do logotipo do banco que financiou as passarelas móveis ligando o aeroporto às portas dos aviões. Será que alguém já escolheu um banco porque ele patrocina corredores de aeroporto?

Classe econômica, nove poltronas por fileira. Um jovem está sentado, o olhar perdido numa janela do lado direito. Ele acabou de passar pelo controle de passaporte, pórticos que soam sem comover ninguém. Ao ver seu ar pensativo, o piloto convidou-o a visitar a cabine. Ele recusou com um sorriso intimidado antes de voltar ao assento. Um início de mês, um fim de tarde. O sol devora metade do seu rosto. A mensagem pré-gravada de uma voz feminina com sotaque britânico deseja as boas-vindas aos passageiros; ela se exime de pronunciar o "r" de "passengers" com elegância. O laranja do poente tenta tomar de assalto o avião esgueirando-se pelas janelas. A mensagem crepitante de uma voz feminina com sotaque egípcio vai proceder às instruções de voo; ela substitui o "p" de "passengers" por um "b". O sol não se resigna. A voz não se interrompe. O jovem rapaz não escuta. Neste dia de setembro, ele ignora como o mundo será, mas pressente que nunca mais será o mesmo.

Errância indolente da máquina. O avião decide acelerar por algumas centenas de metros e levanta voo. A voz pediu para retornar os assentos para a posição vertical para a decolagem. O do rapaz não respeita, apesar de seus esforços. Alavanca quebrada. Egyptair. Ao sair do avião, algumas horas mais tarde, ele responderá mecanicamente às comissárias de bordo que lhe desejarão uma boa estadia. Será a última vez que falará árabe. Por enquanto, ele tenta apenas adormecer.

49

Boston, 2001

Eu devia ter cinco ou seis anos. Não saberia dizer a razão pela qual corria para o meu quarto, mas me lembro de ter surpreendido minha mãe ali aos prantos. Um cheiro familiar de água sanitária emanava do banheiro contíguo ao seu quarto. Como todas as vezes que ela tentava camuflar o som do sofrimento, sua televisão estava ligada no volume máximo. Uma voz inflada de orgulho patriótico declamava com solenidade suas informações. O Egito se reconciliava com todo mundo. Com a Argélia, com a Síria, com a Líbia... ela ajudaria Israel a fazer o mesmo com a Palestina. Tudo estava perdoado. Era preciso se alegrar. Eu não estava nem aí. A tarefa que me cabia, a seu modo, era mais importante.

Ela não deu nenhuma resposta às perguntas que eu, de qualquer forma, não saberia formular. Mira-ah-me-diz-mamãe. Sorriu para mim, sem procurar dissimular o pranto. Improvisei palhaçadas, palhaçadas de criança de cinco ou seis anos que tenta distrair a tristeza da mãe. Isso a fez rir. Eu acabava de cumprir minha missão. Era também meu primeiro encontro com você. Você, a lágrima; eu, o riso. *Quase* nos reunimos no rosto de minha mãe.

Aqui estamos, de novo, *quase* a ponto de nos reencontrar. Imaginei mil maneiras de te abordar e por trás de cada uma ouvi a voz de Fatheya me dizer, zombeteira: "Ei, Goha! Onde tá a tua orelha?". Então vou simplificar. Vou me dirigir a você no francês de Vovó. Eu lhe direi meu nome, que sou seu filho e que temos tempo para recuperar.

***

Estou sentado no pub irlandês onde rascunho numa folha em branco para acalmar minha ansiedade. Botei diante de mim a caixa de papelão na qual se encontram as páginas em que tentei juntar o que sei de você. Seja qual for o desenlace desta história, estas serão as últimas palavras que lhe escreverei. Pensar na possibilidade de você não vir me tortura. Sou incapaz de dizer se isso me aniquilaria ou então, ao contrário, me aliviaria. Talvez fosse melhor não te encontrar jamais, um pouco como aquela viagem a Paris que provavelmente foi mais extraordinária nas projeções de Vovó do que se a tivéssemos vivido. Vai saber. Pedi um café. O garçom começou a me fazer perguntas em inglês. Não sei se ele queria iniciar uma conversa ou apenas confirmar o pedido. Meu coração começou a bater, parecia estar diante do tema de prova de uma matéria desconhecida. Repeti "*coffee*" com um gesto da mão que implorava para que não fizesse mais perguntas. "*Just coffee.*" Ele sorriu para mim e fez um sinal que o traria à mesa da minha escolha. Achei uma que dava para a porta a fim de não perder sua chegada, mas afastada o bastante para conversar com você discretamente. Conversar com você. Você.

São oito horas e doze minutos. Você virá em breve ou não virá nunca.

50

Boston, 2001

Um homem empurra a porta. Aos cinquenta e dois anos, a magreza que por um longo tempo lhe dera uma silhueta atlética acentua agora cada expressão de seu rosto. Seus olhos percorrem metodicamente o pub. Seu olhar detém-se em uma mesa à qual está sentado um adolescente que não sabe, neste exato momento, se deve se levantar. Ou fazer um aceno com a mão. Ou dizer alguma coisa. Ou alegar um mal-entendido, pagar seu café e desaparecer... Somos tão sérios aos dezessete anos. Nada disso será necessário. Ele se parece, menos confiante, com a foto que o homem tem no bolso. Este compreendeu. Ele se aproxima. Sorri. Um sorriso doce. Estende a mão.

— *Rafik, suponho? Perdoe-me, estou um pouco atrasado.*

Passado, presente, futuro. O tempo é uma gramática para a humanidade, uma ficção admitida por todos. Uma falsa evidência. Uma verdadeira religião. E, no entanto, a que temporalidade pertence este momento? Ele apoia um relógio de bolso sobre a mesa. Mandou gravar as iniciais do filho embaixo das do pai. Em breve, eles conversarão. Talvez pronunciem frases amadurecidas de longa data, outras virão espontaneamente. Para aquelas que se esquecerão de dizer um ao outro, eles prometerão novas oportunidades. Talvez também se abracem, emocionados por atravessar a irreal evidência deste instante. Maktub, *estava escrito. No fundo de si mesmos, cada um deles ouvirá essa palavra pronunciada pela voz de uma mulher. A mãe de um, a avó do outro.*

Mas, por enquanto, no seu olhar incrédulo, o adolescente parece fazer uma pergunta. Uma pergunta que começaria por "Qual..." "Qual delas poderia ter te contado...".
    Agora ele sabe que é preciso desconfiar das perguntas simples.

AGRADECIMENTOS

Faço questão de agradecer aos que me apoiaram neste projeto de escrita. Seu encorajamento e seus sinais de afeto me conduziram.

Minha gratidão dirige-se, em especial, a Catherine, Gilbert, Mona e Julien, cujos olhares poliram esta narrativa ao longo dos anos. Por suas ideias. Por sua paciência. Por seu entusiasmo.

FONTES
Fakt e Heldane Text
PAPEL
Pólen bold
IMPRESSÃO
Lis Gráfica